Pelo fundo da agulha

Obras do autor

UM CÃO UIVANDO PARA A LUA
Gernasa, 1972 / 3ª edição: Ática, 1979 / 4ª edição: Record, 2002.
Traduzido para o espanhol (Argentina).

OS HOMENS DOS PÉS REDONDOS
Francisco Alves, 1973 / 3ª edição: Record, 1999.

ESSA TERRA
Ática, 1976 / 15ª edição: Record, 2001.
Traduzido para o francês, inglês, italiano, alemão, holandês, hebraico
e espanhol (Cuba).

CARTA AO BISPO
Ática, 1979 / 3ª edição: Record, 2005.

ADEUS, VELHO
Ática, 1981 / 5ª edição: Record, 2005.

BALADA DA INFÂNCIA PERDIDA
Nova Fronteira, 1986 / 2ª edição: Record, 1999.
Traduzido para o inglês. Prêmio de Romance do Ano do PEN Clube do
Brasil (1987).

UM TÁXI PARA VIENA D'ÁUSTRIA
Companhia das Letras, 1991 / 5ª edição: Record, 2002.
Traduzido para o francês.

O CENTRO DAS NOSSAS DESATENÇÕES
RioArte/Relume-Dumará, 1996 – esgotado.

O CACHORRO E O LOBO
Record, 1997.
Traduzido para o francês. Prêmio *Hors-Concours* de Romance
(obra publicada) da União Brasileira de Escritores (1998).

O CIRCO NO BRASIL
Funarte/Atração, 1998.

MENINOS, EU CONTO
Record, 1999.
Contos traduzidos para o espanhol (Argentina, México, Uruguai),
francês (Canadá e França), inglês (Estados Unidos), alemão e búlgaro.

MEU QUERIDO CANIBAL
Record, 2000.
Traduzido para o espanhol (Espanha) e publicado em Portugal.

O NOBRE SEQÜESTRADOR
Record, 2003. Publicado em Portugal.

Antônio Torres

Pelo fundo da agulha

2ª EDIÇÃO

EDITORA RECORD
RIO DE JANEIRO • SÃO PAULO
2006

CIP-Brasil. Catalogação-na-fonte
Sindicato Nacional dos Editores de Livros, RJ.

T643p Torres, Antônio, 1940-
2ª ed.   Pelo fundo da agulha / Antônio Torres. — 2ª ed.
        — Rio de Janeiro: Record, 2006.

ISBN 85-01-07658-9

1. Romance brasileiro. I. Título.

06-2727
CDD — 869.93
CDU — 821.134.3(81)-3

Copyright © Antônio Torres, 2006

Capa: Victor Burton

Direitos exclusivos desta edição reservados pela
EDITORA RECORD LTDA.
Rua Argentina 171 — Rio de Janeiro, RJ — 20921-380 — Tel.: 2585-2000

Impresso no Brasil

ISBN 85-01-07658-9

PEDIDOS PELO REEMBOLSO POSTAL
Caixa Postal 23.052
Rio de Janeiro, RJ — 20922-970

EDITORA AFILIADA

Para Sonia,
como sempre

1

A fronteira crepuscular entre o sono e a vigília era, neste momento, romana: fontes salpicando e ruas estreitas com arcos. A dourada e pródiga cidade de flores e pedra polida pelos anos. Às vezes, em sua semiconsciência, estava outra vez em Paris, ou entre escombros de guerra alemães, ou esquiando na Suíça e num hotel entre a neve. Algumas vezes, também, era um barbeiro da Geórgia, certa madrugada em casa. Era Roma esta manhã, na região sem tempo dos sonhos.

Carson McCullers/ *O transeunte*

Era outra a cidade, e outros o país, o continente, o mundo deste outro personagem, um homem que já não sabia se ainda tinha sonhos próprios.

Cá está ele: na cama.

Não o imagine um guerreiro que depois de todas as batalhas finalmente encontrou repouso, abraçado a uma deusa consoladora dos cansados de guerra. Seria um exagero inscrevê-lo na lenda heróica. Esta é a história de um mortal comum, sobrevivente de seus próprios embates cotidianos, aqui e ali bafejado por lufadas da sorte, mais a merecer uma menção honrosa pelo seu esforço na corrida contra o tempo do que um troféu de vencedor.

Assim o vemos: deitado. Imóvel. A olhar para o teto e as paredes de um quarto. E a assustar-se com a sombra de uma cortina em movimento, que supôs ser o fantasma de uma alma tão penada quanto a sua. Uma alma de mulher, com certeza.

Nunca dantes sentira tanto a ausência de passos, algazarra, risadas, bate-bocas, resmungos, ralhações. Falas a jogar a esmo os conflitos que o coração humano não consegue segurar, injetando na corrente sangüínea toda a grandeza e pequenez da convivência doméstica. Ah, a falta que lhe faziam uma agitação de crianças — "Mãe, o pai já chegou!" — e uma voz feminina a exclamar: "Oi, querido!" Querido! Que palavra horrível, tanto quanto "meu bem", "benhê", "amor", quando pronunciadas perfunctoriamente, da boca para fora, como quem diz "me passa aí o açucareiro", por uma mesma voz, imperativa, às vezes.

Voz de mãe. A exigir ordem em tudo. Arrumação. "Ei, vamos acabar com essa bagunça, já! Agora!" Tal voz implicante podia se tornar encantadora ao anunciar que o lanche iria ser servido — oh, quão infalível era a senha materna para aquietar as feras! Um estalar de dedos precedia o chamado da domadora: "Cri-on-ças!" Como esquecer essa combinação de criança e onça? Era a mais perfeita tradução de uma infância limitada às jaulas urbanas. Paredes. Grades. Movimentos condicionados pelo cerceamen-

Pelo fundo da agulha **9**

to do espaço. Vidas blindadas. Ainda assim vitaminadas. Energia à flor da pele. "*Crionças!*"

Ela sabia manter o seu zoológico sob controle. Quer dizer, nas horas em que estava em casa. E, quase sempre, cheia de amor para dar. Só que, se contrariada, mostrava as próprias garras: "Você não escutou nada do que eu disse, não é? Então, o que foi que eu disse?" Ele que não se fizesse de desentendido. E captasse no ar os primeiros sinais de insatisfação, prenúncio de uma descida ao purgatório e daí para o inferno conjugal. "Você inventa reuniões depois do expediente para retardar ao máximo possível a sua volta para casa. Sabe-se lá que reuniões são essas? Assim que chega vai logo tomar um banho. Correndo! Pensa que não percebo? Eu também tenho emprego, ora! Nem por isso faço dele uma desculpa... E olha que não é por falta de cantada. O que tem de homem me chamando de gostosa, boazuda, ai! Cuidado, malandro!"

Amor rima com flor. E também murcha. Ficam os espinhos nas extremidades dos caules. Prenúncio de que iriam servir para ornar a sua coroa de corno? Mas, ah! Agora era melhor lembrar o cheirinho bom de panelas fumegantes, de dar água na boca, hummm!, e os prazeres à mesa, e o sabor das conversas à sua volta. Hoje, mais do que nunca, doeu-lhe nas entranhas não haver ninguém a esperá-lo, ao retornar para casa.

— E aí? Como é que foi? Conta, conta.

Beijos, abraços, afagos. Relatos dos sucessos e insucessos do dia. Mãozinhas a percorrer-lhe os bolsos em busca de um agrado qualquer. Uma balinha, um brinquedinho. O desvestir-se, dos pés ao pescoço, com ar de enfado. Pôr o terno no cabide e pendurá-lo no guarda-roupa. A gravata também. Deixar os sapatos no seu devido lugar. Jogar a camisa, as meias e a cueca na gavetona embaixo da pia do banheiro. Fazer tudo isso direitinho para não ter de ouvir uma bronca. E tomar um longo e belo banho, ensaboando todo o seu corpo, todo o seu cansaço, todas as suas impurezas. Despoluir-se. E se perfumar, porém discretamente, para não incomodar os narizes mais sensíveis, e ser comparado aos argentinos, os que têm fama de banhar-se em perfumes além da conta. Cumprido este ritual, sentia-se outro. Agora, sim. Agora ele estava em casa, verdadeiramente. Limpo, lépido, renovado. Bem mais à vontade para receber todos os beijos e abraços.

— O que vocês perguntaram? Por que cheguei tão tarde? Foi o meu último dia de batente, esqueceram? Despedidas. Comemorações.

— Não precisa explicar. O seu cheiro já diz tudo.

Estaria recendendo a essências femininas? Alguma mancha de batom no rosto, nos lábios, na gola da camisa, nas lapelas? Na cueca? Se for o caso, jogá-la no lixo. Discretamente. Mas correndo.

Ternos e gravatas: descansem em paz. Adeus. Não necessitaria mais disso, dessa noite em diante. *Obrigado pelos bons serviços prestados.* Iria doá-los, deixando apenas um para o seu enterro, quando a hora chegasse. Na verdade, pouco lhe importava ser enterrado bem-vestido ou do jeito que saiu do ventre materno. Que diferença fazia? Por que, e para que, ser o defunto mais elegante do mundo? Pensou na morte, não como a mais indesejada das gentes. Dependendo do caso e das circunstâncias, ela podia ser até uma boa irmã. (O quê?! Deixa a sua vez chegar e vamos ver.)

Traje social substituído por apenas uma levíssima cueca samba-canção (faz calor, esta noite), necessidades íntimas atendidas, bem lavado, dentes escovados, ele passou a cuidar de algumas providências, antes de ir para a cama. Primeiro, certificou-se, numa rápida inspeção, de que tudo estava em ordem. Nenhum vestígio de gatunagem. Neste particular, e até o presente momento, podia se dar por feliz. Ainda não tivera o seu apartamento arrombado. Eis aí alguma coisa a ser comemorada. Em seguida, deu uma olhada nos envelopes empurrados por debaixo da porta. Bom mesmo seria receber uma carta de sua mãe — "O fim destas mal traçadas linhas é dar as minhas notícias e ao mesmo tempo receber as suas..." —, desde que não fosse para contar coisas ruins. Queixas. Cobranças. Doença. Morte. O pai... Ou sobre um ente querido que acabara de pôr fim à própria vida.

"Logo aquele que era o mais risão dos seus primos! O Pedrinho, da minha irmã Zuzu. Lembra como ele era engraçado? Vivia fazendo a gente dar umas boas risadas. Andaram inventando umas maldades, que foram espalhadas de boca em boca. Que ele tinha passado a perna num agiota e vinha recebendo ameaças. Outra hora, o ameaçador era um traficante de drogas. Ajuste de contas, disseram. Até nisso acharam que o seu primo estava metido. Falaram também que estava ferrado, por causa de um roubo de gado. Outra história foi de encher todos nós mais ainda de horror e vergonha. Um estupro! E que a vingança do pai e dos irmãos da menina já vinha a cavalo.

Como esse povo sabe inventar! Teve até quem jurasse, com os dedos em cruz, que no dia anterior ele tinha entrado no açougue e pedido uma cachaça, numa prova de que estava desmiolado. Mentira! Posso lhe garantir isso porque tirei tudo a limpo. Moro a quinze léguas de onde essa lástima se deu, você sabe. Mas fui lá para o enterro. E pedi, em nome de Nossa Senhora do Amparo e de todos os santos do céu, que o açougueiro me contasse se aquilo que diziam era verdade. Não, ele disse. E jurou pelas chagas de Nosso Senhor Jesus Cristo que o falatório era uma maledicência medonha. Pura aleivosia. Falso testemunho. Fiz a mesma coisa com a viúva, que se chama Zizinha, que nem sei se você conheceu. E com sua tia Zuzu, de quem espero que você ainda se lembre, e todos os parentes e aderentes. E todos, todos mesmo, também juraram pelo Crucificado, e por essa luz que nos alumia, que o seu primo Pedrinho não estava atolado em dívidas, fosse de agiota, de banco, ou de qualquer outro negócio infeliz. Desgosto? Quem podia adivinhar que tinha algum? Engraçado, do jeito que era, nunca dava o menor sinal de contrariedade. Vivia dizendo: 'Não bato palmas para maluco dançar, mas dou minhas risadas quando alguém faz isso.' Doença? Só muito antigamente. Sarampo, catapora e cachumba, como todo menino dali.

Vivia de bem com a mulher, com os filhos, com todos. Nunca se queixou da vida, nem parecia de mal com o mundo e consigo mesmo. Saiu de casa, todo sorridente, dizendo vou ali e volto logo. Levava uma corda, para

Pelo fundo da agulha 13

amarrar um feixe de lenha, disse. Foi encontrado pendurado numa árvore de beira de estrada. Vá lá saber se de caso pensado. Se vinha há tempos sendo tentado pelo demônio ou a tentação aconteceu de repente. Ele não está mais aqui para contar o sucedido antes de amarrar a corda num galho, já com o laço pronto para enfiar o pescoço.

Terá sido porque andava com a cabeça no tempo? Nunca usava um chapéu, conforme os costumes modernos, como se desdenhasse dos antigos, do povo da roça. E por isso o sol queimou o juízo dele. Sei o que foi, não. Vá lá entender esses mistérios.

Certeza, só uma: a árvore ficou mal-assombrada. Dizem que geme, urra, grita, chora, fala, jura arrependimento, pede socorro: 'Tenham a piedade de cortar essa corda. Pelo amor de Deus!' Nem o mais corajoso dos homens se arrisca a passar debaixo dela depois que o sol se põe.

Mais um enforcado em nossa família. Só a misericordiosa Santa Mãe de Nosso Senhor Jesus Cristo sabe o quanto essa desgraça remexeu em minhas velhas feridas. É verdade: longe vai a data em que seu irmão — o meu filho mais velho! — voltou para casa, uma casa que nem existia mais, pelo menos do jeito que ele lembrava, aquela que tinha deixado um dia, e... Bem, você foi a principal testemunha daquele outro caso. Mas não suportou o falatório do povo, ou seja, a condenação pública da derrota do seu irmão, e da sua própria, ao não conseguir fazer nada para impedir que ele fizesse o que fez. E foi embora para muito longe, se dando antes ao trabalho de me levar pela noite adentro, para me internar numa casa de loucos, o que também teve muita reprovação. Não faltou quem perguntasse por que você largou aqui a sua pobre mãe louca. Que desalmado!

Depois daquele dia, nós todos, os que ficamos, nunca mais queríamos ouvir falar de corda. Coube a um primo seu, e sobrinho meu, me trazer dolorosas lembranças de volta. É uma nova dor que puxa os restos de outra, que eu pensava que o tempo tinha curado. Agora, tenho dois entes queridos nas trevas do vale dos suicidas desta terra. E me pergunto: qual será o próximo a seguir o exemplo deles? Espero que não seja você. E me perdoe por estar lhe dizendo isto. É por medo. Coisa de mãe sofredora.

Não pense que tanto sofrimento e medo vão me enlouquecer novamente. Aprendi a suportar. Como em cada aniversário que tenho de almoçar e jantar sozinha. Por falar nisso, você nunca se lembrou de telefonar ou mandar um cartãozinho em nenhum deles. Acho até que não sabe em que dia e mês é. Nem quantos anos acabei de fazer. Suporto isso também. Mas como nem tudo neste mundo é ruindade e queixume, encerro com boas notícias: tirante a história do seu primo, todos aqui estão bem. E mandam lembranças. A melhor de todas é que eu, apesar da idade, estou lhe escrevendo de próprio punho, sem a ajuda de ninguém. Nem de óculos! Com a bênção da sua mãe, que sempre reza por você..."

Pelo fundo da agulha   **15**

Nenhuma carta no meio da papelada catada no chão, assim que abriu a porta e pôs os pés dentro de casa. Em vez disso, extratos bancários, contas a pagar, um relatório do condomínio, propaganda, empresas e pessoas se promovendo, numa invasão de domicílio abominável. "Lixo", se disse. Quantas árvores são matadas por dia para a fabricação de papéis a serem impressos, e que vão para a lixeira, sem sequer serem lidos? A luzinha vermelha da secretária eletrônica não piscava. Ninguém havia telefonado. Só os telemarqueteiros, certamente. Mas estes (ou estas, principalmente estas) não deixam recado. Querem pegar você de viva voz, para massacrar-lhe o ouvido com suas dicções de Robô, sob o comando de um computador: "Senhor Fulano? É a Ângela, do Citibank. Tudo bem com o senhor?" Aí a pobre moça lê na tela à sua frente um texto intergaláctico, que é rigorosamente o mesmo que você já ouviu de outras catatônicas Ângelas, ou Shirleys, ou Marys, ou Simones, de outros bancos, empresas de telefonia, e o diabo que os carregue, com suas vozes de extraterrestres, e que invariavelmente terminam as suas falas assim: "Para que a gente possa estar disponibilizando..." A gente quem, cara-pálida? Um saco! "É duro ter de ganhar a vida aporrinhando a dos outros pelo telefone, não é, não, dona Ângela?" Ela desliga. Para esse tipo de pergunta, não há resposta em seu computador.

Foi falando consigo mesmo que o homem desta história entrou na cozinha. Bebeu água. Notou que a geladeira estava desguarnecida. Como havia jantado, e lautamente, num restaurante caro (deu-se este prêmio, hoje, já na condição de pessoa física), não iria maldizer de si mesmo por não ter passado num supermercado. Faria isso amanhã. Lembrou-se de que amanhã é o dia da faxineira, que lhe serve duas vezes a cada semana, deixando sempre uma comidinha cuidadosamente embalada. Até prova em contrário, ela era uma empregada honesta. Não lhe surrupiava nada, nem (ainda!) franqueara a sua moradia para nenhum saqueador. Amanhã, irá pedir-lhe para fazer um frango ensopado, com quiabo e maxixe, os sabores da sua infância. Como o coentro e o alecrim. Os cheiros que o faziam lembrar-se da sua mãe, que sempre chorava, ao cortar uma cebola. Na última vez que a viu — e isto fazia muito tempo —, ela se ocupava em enfiar uma linha pelo fundo de uma agulha, sem óculos. Era devota de Santa Luzia, disse, recomendando-lhe que também rezasse para a "protetora dos nossos olhos". E também para Nossa Senhora do Amparo. "E não esqueça de se benzer antes das refeições, agradecendo a Deus por não faltar comida em sua mesa."

Do que não conseguia se lembrar: do seu sorriso. Será que nunca tinha visto a sua mãe sorrir, pelo menos uma vezinha na vida? Também, com tanta consumição... Uma gravidez atrás da outra. Filhos e mais filhos. Cueiros para trocar. Panos para lavar. Pratos, panelas e máquina de costura. Não teria sido feliz com o homem com quem se casara, o senhor seu pai? Nem com a sua condição de mulher parideira, a exigir-lhe duros sacrifícios? Com que ela sonhava, enquanto enfiava a linha pelo fundo de uma agulha? Como teria visto o mundo, olhando-o unicamente através de um minúsculo buraco?

Pelo fundo da agulha   **17**

Foi direto da cozinha para o quarto. Acendeu o abajur à direita da cabeceira. Nem pensou em ligar a televisão, para ver se ela já estava anunciando a chegada do Anticristo, o Apocalipse, o fim de tudo, a data do Dia do Juízo, ou o ressurgimento de Nosso Senhor Jesus Cristo, com a mais bombástica de suas chamadas: "Ele voltou!" O que mais podia esperar? A hora de um programa chamado *Sex Time*, com todos aqueles peitões siliconados *made in USA* e vulvas carnudas em nu frontal? Haveria alguma mensagem promissora, ou excitante, ou minimamente útil no computador?

Também não tinha o menor interesse em conferir isso. Que hoje o travesseiro envolvesse a sua cabeça com as brumas do esquecimento do mundo, do qual se imaginava já esquecido. Tudo o que queria era um fofo apoio para a memória de noites mais felizes. Como aquelas em que um menino, sempre que ele estava assim deitado, a ler um livro, ou já pegando no sono, vinha estirar-se ao seu lado, pedindo:

— Pai, conta uma história.

Ele contava. Às vezes adormecia antes de terminá-la. O filho o sacolejava, insistindo para que o pai não parasse.

— Amanhã te conto tudo de novo, Rodrigo. Mas agora estou com sono. E tenho de acordar cedo. Pede para a tua mãe.

— Ela está ocupada, ajudando o Marcelinho num dever da escola. Não durma ainda não, pai. Conta, vai, conta.

Contaria. Para as paredes. Para o teto. Para a sombra que se move diante de seus olhos. Fantasmas no quarto Tirou os olhos da sombra. E pegou um livro.

Amanhã não precisava acordar cedo.

2

Era a primeira de suas noites em que diria adeus ao despertador, como já o havia dito ao vínculo empregatício, aos sorrisos interessados, lealdades utilitárias, sinuosas insídias. E foi uma despedida sem festa.

Sem flores, cintilações etílicas, beijos, abraços, apertos de mão, tapinhas nas costas, promessas de encontros fortuitos ao cair da tarde, ou um almoço dia destes, uma noitada de arromba, um carteado, nem mesmo um vago "a gente se vê por aí", "manda um e-mail", ou "telefona", ou "vem jantar lá em casa". Nada.

Nada além de uma silenciosa batida em retirada do campo de batalha, o trepidante, poderoso, vivo e fluido jogo dos negócios, do qual se vira descartado por idade e tempo de serviço, como se entrasse em férias forçadas. E permanentes.

Mas atenção: era uma vez o pacote turístico em suaves prestações — carnavais à beira-mar, paraísos tropicais, ilhas gregas e caribenhas, museus da Europa, as muralhas da China, rios e templos sagrados orientais, míticos desertos, o muro das lamentações, a estátua de Hemingway no bar Floridita de Havana, a foto do velho Ernest e o fantasma de Scott Fitzgerald no Closerie de Lilas, as sombras de madame Simone e de monsieur Jean-Paul no Café de Flore...

Sim, sim, era uma vez Paris. A cidade das tumbas com inscrições indeléveis, mensagens de um tempo perdido a um outro a ser reencontrado na espuma dos dias que escorre entre os dedos das nossas mãos, e legadas por mentes brilhantes ali perpetuadas junto com os seus sonhos, assim poderá entendê-las o viajante fornido de pretensões ilustradas, ao entrar num cemitério chamado Père-Lachaise e bater os olhos numa lápide na qual está escrito:

> "Um mapa-múndi que não inclua a Utopia não
> é digno de consulta, pois deixa de fora as terras
> onde a Humanidade está sempre aportando.
> Nelas aportando, sobe à gávea e, se divisa terras
> melhores, torna a içar velas. O progresso é a
> concretização de Utopias (...) O passado é o que
> o homem não deveria ter sido. O presente é o que
> o homem não deve ser... "

— U-la-lá! Há ali dentro um túmulo com estes dizeres?! — exultaria um taxista parisiense, acrescentando: — Belas palavras. Pensando bem, estão no lugar certo. Em

Pelo fundo da agulha **21**

que outro se pode falar dessa tal de Utopia? O ilustre finado é francês?

— Irlandês — responder-lhe-ia, sem mais delongas, o seu passageiro, feliz da vida por não ter esperado muito no ponto dos táxis. E era a hora do *rush*. Estaria sonhando?

— Era seu parente?

— Não, senhor. Nem sou irlandês.

Diria isso menos interessado no desenrolar da conversa do que na progressão dos números no taxímetro. Com certeza a corrida iria lhe custar os olhos da cara. O preço da segurança. Na manhã daquele dia, havia sido assaltado no metrô, entre Barbesse — uma baixada árabe no calcanhar da colina de Montmartre — e a Gare du Nord. Carro lotado. Luta corporal para erguer os braços e agarrar-se a uma barra de proteção. No meio do sufoco, viu-se cercado por quatro cavalheiros elegantes que o espremiam com pedidos de desculpas: *Pardon, pardon*. Intuiu que se tratava de uma quadrilha. Abriu os braços tentando se defender com os cotovelos. Era tarde. O metrô parou. Eles escafederam-se, junto com uma multidão.

Aproveitou aquele breve esvaziamento para se sentar, rapidamente. Levou as mãos aos bolsos. Não deu outra. Havia sido depenado, num golpe sutil, rápido e indolor. Ainda bem que levara em conta a advertência do gerente do hotel em que estava hospedado: "Não ande por aí com muito dinheiro. Aqui não é o Rio de Janeiro, nem São Paulo, mas nunca se sabe..." Mesmo tomando suas precauções, acabara pagando o almoço e mais alguns extras de quatro finíssimos punguistas do Velho Mundo: *Pardon,*

pardon. Sentiu-se um babaca. E ficou deprimido por algumas horas. Mas não foi por isso que acabou indo a um cemitério.

Andar de táxi era uma extravagância que valeria a pena, ele se desculparia agora, ao estirar as pernas e aconchegar bem a carcaça, já castigada pelas andanças, nem todas felizes, e as variações da temperatura, frio externo, calor interno, põe agasalho, tira a metade. Tirou o sobretudo, dobrou-o e o jogou ao seu lado. Agora estava pronto para se submeter a qualquer interrogatório.

— Quem foi ele, então?

Ele? Ah, sim, o irlandês.

— Um famoso escritor que morreu aqui no ano de 1900, na mais completa miséria. Chamava-se Oscar Wilde.

Não, não entraria em maiores detalhes. Era uma história longa e triste. Mas não estava na cidade onde um livro intitulado *A dor* se tornara um best-seller? E naquele dia mesmo ele não tinha visto, no topo das listas, um manual para suicidas, com as mais variadas dicas para se pôr fim à vida? Cada povo com seu gosto. Ou desgosto. Deixa para lá. Queria mesmo era vagar no *spleen* de Charles Baudelaire, "sobre o qual teceu a neve um véu funéreo".

— Há muita gente importante enterrada ali. E vêm turistas de toda a parte para ver os seus túmulos. Imagino que o senhor também esteja neste caso, não? Acho isso muito esquisito.

— O quê?

— Este turismo fúnebre.

Pelo fundo da agulha 23

— Isto não faz parte das atrações da cidade? De uma maneira ou de outra não traz benefícios para a sua economia?

Sim, sim, de alguma maneira, o motorista se apressaria em admitir, para em seguida fazer a ressalva de que tal atração também propiciava festivais macabros, promovidos por baderneiros bêbados e drogados, os adoradores do roqueiro Jim Morrison, que costumavam invadir aquele cemitério de carro, à noite, como se quisessem arrancar os restos mortais dele, sabe-se lá para quê.

— Foi por isso que puseram uma barra de ferro no portão de entrada. E também muitos guardas. Ouvi falar dessas coisas no rádio.

Contaria isso como se fizesse um esclarecimento necessário. Passava uma grande parte do seu tempo dentro de um táxi, mas não ficava alheio aos assuntos de interesse geral, pois mantinha o seu rádio sempre ligado, embora naquele exato momento estivesse em baixo volume, em respeito aos ouvidos do passageiro que, se os apurasse, poderia ouvir a voz de Jim Morrison. E cantando "Light my fire". "Come on, baby..."

Acordes dissonantes num concerto erudito em uma bastilha sagrada da cidade onde, no tempo das guilhotinas, decapitavam-se cabeças publicamente, à luz do dia. A idolatria macabra dos fãs de Jim Morrison era uma brincadeira inconseqüente de meninos, se comparada aos históricos distúrbios ali transcorridos através dos séculos, entre eles os das guerras religiosas, divagaria o passageiro, em marcha lenta, a mais adequada para quem queria apenas ver o tempo passar, e a lembrar-se também dos piratas franceses que já encheram de terror muitas cidades em ilhas e terras distantes, nas quais presumivelmente pilharam sólidas contribuições para a construção de edifícios poderosos, como alguns daqueles que ele estava vendo através da janela envidraçada de um táxi. À pirataria contemporânea, as ossadas da História, concluiria, se o seu inquiridor o permitisse.

— Como é que é mesmo? Um mapa-múndi que...

— ... que não inclua a Utopia, não é digno de consulta.

— Belas palavras — diria de novo. — Coisa de poeta.

Em qualquer cidade do mundo você encontrará um taxista com uma disposição incontrolável de jogar conversa fora, sem a menor cerimônia, esteja você com vontade de conversar ou não, pensaria o passageiro, já não se sentindo um necrófilo, ou um personagem gótico, algo *dark* (vândalo também?), aos olhos daquele seu condutor falastrão. No entanto, sabia que até ali vinha trapaceando com ele, ao mentir deslavadamente, pela simples razão de que tinha sido enganado e estava passando o engano adiante. A inscrição no mausoléu de Oscar Wilde nem de longe se assemelhava com aquilo que havia dito ao motorista. Essa história de Utopia etc. lera em algum lugar, mais precisamente numa coluna de jornal, que era assim, do jeito que memorizou, que lá estavam aqueles dizeres, sempre a merecer uma releitura. Sua ida ao Père-Lachaise se deveu unicamente a isso: copiar, na íntegra, linha por linha, vírgula por vírgula, ponto por ponto, o texto do mais belo epitáfio de todos os tempos, no dizer do tal colunista. Ao chegar ao cemitério, nem precisou guiar-se pelo mapa das

Pelo fundo da agulha **25**

sepulturas para encontrar a que procurava. "Terceira rua, à direita", dissera-lhe o guarda, apontando-lhe a direção. Tudo muito fácil. O difícil: acreditar no que estava vendo, quer dizer, lendo. Sentiu-se ultrajado. Mais que isto: um perfeito idiota. Por ter dado crédito a um jornalista leviano que o fizera perder a viagem. O que havia mesmo no túmulo lendário era um trecho de um poema, em inglês, que falava de lágrimas — "dos estranhos que encherão por ele a urna da piedade". O resumo da ópera (a esta altura, bufa, no seu desolado entender), e numa prosaica tradução: "Aqueles que choram por ele serão párias e os párias sempre choram." Logo abaixo disso estava um versículo, em latim, de Jó, o desafortunado Jó. Pobre turista fúnebre. Eis o que tu és. Um pária.

Um crédulo fora ludibriado e ludibriava outro, na maior cara-de-pau. Desfaria o nó do seu embuste, pondo a versão correta em movimento? Não. Continuaria preferindo a primeira. Se por um lado era falsa, por outro tinha mais encanto. Não vira no Père-Lachaise nenhum epitáfio mais interessante do que o imaginado por um personagem de Balzac: "Aqui jaz o Sr. Goriot, pai da Condessa de Restaud e da Baronesa de Nucingen, sepultado a expensas de dois estudantes." Este lhe parecia muito mais verdadeiro do que os das tumbas de verdade. Com base nisso, faria do seu engano um triunfo. Da fantasia.

Se suas divagações fossem verbalizadas ali, no banco traseiro daquele táxi, poderiam se tornar mais pesadas do que as marchas e contramarchas do trânsito parisiense, naquele fim de tarde brumoso, mais sombrio do que muitos dos palácios construídos para a glória imortal dos mais insignes habitantes do Père-Lachaise. O bom senso lhe recomendaria a continuar a conversação em níveis triviais, com uma perguntinha assim:

— O senhor nunca entrou lá, não?

— Eu não tenho nenhum parente enterrado nesse cemitério. Logo, não tenho motivo algum para entrar nele. Sabe quanto custa o metro quadrado do terreno ali?

— Não faço a menor idéia.

— Nem eu. Mas sei que não é um lugar para qualquer um.

Para qualquer um, qualquer margem, até depois de morto, pensaria o passageiro, olhando pela janela. E, diante do tempo que continuava tão lúgubre quanto uma necrópole, começaria a assoviar uma música alegre, que começava assim: "Dia de luz, festa do sol..." Naquele instante, estaria se lembrando de uma garota. Numa ilha. Uma ilha chamada Ilhabela, no litoral de São Paulo, Brasil. A moça tinha um rosto bonito, olhos muito azuis e bebia demais, nas sombras de um paraíso tropical. Entregava-se prazerosamente, escandalosamente, à vida ardente sobre areias e sob águas, com as bênçãos de milhões de estrelas. O retrospecto de uma aventura fugaz naquela ilha paradisíaca o faria sentir saudades de alguma coisa. Por que diabo estava agora em Paris, sozinho, a visitar um cemitério e a jogar conversa fora com um motorista de táxi? Programão, hein? Assim que chegasse ao hotel, telefonaria para casa. Saudades de uma mulher. Da sua mulher. E dos filhos. Eram dois. Um deles costumava adoecer quando o

Pelo fundo da agulha **27**

pai viajava. O que vivia lhe pedindo para contar uma história. Ligar para casa era correr o risco de receber uma notícia preocupante. Tranqüilizaria a todos lembrando que amanhã pegaria o avião de volta. Sim, amanhã, esqueceu? Não, não. Não havia se esquecido das encomendas. Channel nº 5...

O motorista também não haveria de se esquecer do seu passageiro egresso de um cemitério e que, afinal, se revelara um vivíssimo garoto assoviador. Até parara de falar, para ouvi-lo. Mas chegava de trinados. O recreio havia terminado:

— De que país o senhor é?

— Do Brasil.

Seria aí então que o passageiro veria o rosto à sua frente iluminar-se:

— Brasil! Sol, sol, oh divino sol, que as abóboras amadureces!

Ele, o esfuziante taxista, pararia um pouco outra vez (e desta por menos tempo do que na outra), como se precisasse recuperar o fôlego. E logo continuaria, a filosofar:

— Cada um com suas utopias...

O seu arroubo quase juvenil não mudaria o curso das nuvens baixas, pesando como tampa, nem o fluxo e refluxo do trânsito, anda, pára, faz que vai andar, torna a parar, sinais, cruzamentos, rua após rua, ainda assim belas, majestáticas. Mas viria a transformá-lo num homem entusiasmado, como se a antever a esplêndida luminosidade da primavera, ao dobrar a próxima esquina, à qual não chegaria antes de engatar mais uma pergunta, e esta, pelo que se verá, de interesse estritamente pessoal:

— Há armênios no Brasil?

A resposta (positiva, naturalmente) o deixaria numa agitação desmedida, como se, finalmente, definitivamente, acabasse de arrancar o seu passageiro do mundo dos mortos, para transportá-lo ao dos vivos, e dele ter recebido um sinal verde para ir em frente:

— Como os armênios são tratados no seu país? Eles sofrem algum tipo de perseguição?

— Perseguição por serem armênios? Acho que nunca houve isso por lá. Pelo menos ao que eu saiba. Conheci um que jamais reclamou disso. Só se indignava quando alguém achava que ele era turco. Esse armênio, que chegou ao Brasil com uma mão na frente e outra atrás, acabou se tornando um comerciante bem de vida. Chegou a ser proprietário de um prédio inteiro. Logo, pôde dar uma boa educação para os filhos, que hoje são doutores muito conceituados. E há lá uma atriz famosa da televisão e do teatro que tem o sobrenome de Bahlaba...

Não chegaria a concluir a frase, tal era a sofreguidão do seu interlocutor, para quem essa conversa banal, mero relaxamento numa hora de tráfego enervante, resultava em informações preciosas.

— Então há no seu país filhos de armênios que se tornaram doutores e até estrelas da televisão? O senhor está me contando uma coisa admirável! Maldigo a hora em que, para fugir das guerras dos turcos, com todas as suas barbaridades, o meu pai tenha vindo morar em Paris. E aqui ele se casou com uma armênia. Pronto, eis por que nasci nesta cidade, onde sou tratado como cidadão de se-

Pelo fundo da agulha 29

gunda classe, mesmo sendo francês. Oficialmente, bem entendido. Agora me pergunto: por que em vez de vir para a França o meu pai não foi para o Brasil?

— Vai ver, ao dar com os seus costados num porto francês, ele não divisou terras melhores, para tornar a içar velas.

— Pior para mim.

O passageiro esperaria que o seu loquaz condutor lhe perguntasse se estava feliz por ter nascido no Brasil. Mas não iria haver mais tempo para isso. Ao deixá-lo à porta de um hotel, ele, o taxista parisiense de origem armênia, confessadamente insatisfeito com a França, saltaria do seu carro para uma despedida tão calorosa quanto surpreendente:

— Quando chegar em casa vou dizer à minha mulher que hoje transportei um brasileiro. E lhe contarei tudo o que o senhor me disse sobre os filhos dos armênios que foram para o seu país. Com certeza ela também vai querer que os nossos filhos se mudem para lá.

Então os dois se abraçariam fortemente, como amigos de longa data que se despediam certos de que nunca mais voltariam a se encontrar. Depois, o motorista entraria no seu táxi e, antes de dar a partida e desaparecer, lhe diria, calmamente, sem pressa, como se não pudesse partir sem revelar a inscrição que ele havia gravado na tampa da sua memória:

— Meus pais não estão enterrados aqui. O sonho deles era voltar para a Armênia. Voltaram. Cada qual dentro do seu caixão.

Naquele momento, o outro ficaria postado na calçada, a olhar os carros que iam e vinham, os transeuntes, um mundo de gente apressada, como em todo fim de tarde, em qualquer cidade. Aquela, suntuosa, cheia de si, guardava em suas tumbas, e por trás de suas luzes, de todo o seu poder de sedução, sentimentos insuspeitáveis aos olhos de um estrangeiro, que apenas a via, sem entendê-la, sem a intimidade dos que nela viviam, mas ainda assim ali estaria a se dizer:

— Aonde quer que você for, vai encontrar alguém sonhando com um lugar de sonhos.

3

Então ele veria o Boulevard Saint-Germain virar um rio, largo e profundo. E todos os seus edifícios transformarem-se em árvores, com o curso do rio passando a abrir um clarão sem fim no meio de uma floresta indevassável. Acrescente-se a isso uma revoada de pássaros a chilrear as *Bachianas Brasileiras*, de Villa-Lobos, e teremos aí um quadro verdadeiramente inacreditável. Extasiado diante da metamorfose que se operava à sua frente como num passe de mágica, ele não saberia a que atribuí-la: se às mãos de Deus ou a um efeito da sua memória cinematográfica. Era como se estivesse dentro de um dos filmes do alemão Herzog, o *Aguirre, a cólera dos deuses*, ou o *Fitzcarraldo*, ambos rodados na Amazônia.

Numa tentativa de retorno à realidade, se lembraria de olhar para os seus pés, antes apoiados sobre uma calçada, que não haveria mais. Em seu lugar, surgiria uma plataforma. Nesse instante, seus olhos se voltariam para trás, em busca do hotel, o charmoso Madison, e veriam um mercado de um único andar, do qual sairia uma menina de uns 10 ou 11 anos, vestida de azul e branco, e com uma mochila de colegial às costas. O seu rosto tisnado pelo sol, e emoldurado por cabelos negros e longos, pareceria uma pintura. Ao vê-lo, ela sorriria, encantadoramente. Os seus alvíssimos dentes realçariam ainda mais a sua genuína beleza.

Ele:

— Qual é o nome deste rio?

A menina (com um jeitinho levemente debochado, como se acabasse de ouvir uma pergunta estúpida, que alguém jamais lhe havia feito antes):

— Não viu o letreiro naquele portal ali, não?

Ele inclinaria os olhos na direção em que o dedo da menina estava apontando. E leria: "Bem-vindo ao Oiapoque. Aqui começa o Brasil."

— Olha só! O Oiapoque! O extremo norte do país! A cidade fica aqui mesmo, logo depois deste armazém?

— É. Está perdido? Minha mãe é gerente de um hotel. Quer se hospedar lá? O nome dele é Fronteira Inn.

— Já estou num hotel. O Madison. Fica pertinho da igreja de Saint-German. Sabe qual é?

— Hotel Madison? Igreja de Saint-German? Aqui?! O senhor está sonhando?

— Deixa pra lá.

Ela voltaria a sorrir, mostrando de novo todos os seus belos dentes.

Pelo fundo da agulha   **33**

— Parece que o senhor não faz a menor idéia de onde se encontra. Como chegou aqui? Num disco voador? Vai ver nem sabe que ali do outro lado do rio, bem na nossa frente, é a Guiana Francesa. *Au revoir*.

— Ei, espere mais um pouco. Aonde você vai com tanta pressa?

— Para a escola. Está vendo aquela catraia já com o motor ligado? É nesta que eu vou.

Mais uma vez, ele iria olhar na direção que a menina apontava. E veria outras crianças subindo na pequena embarcação.

— Só mais um instantinho. Onde fica a sua escola?

— Em Saint-Georges de l'Oiapock. Chegaremos lá em dez minutos.

— E por que todo dia você navega neste rio, para estudar no lado francês?

— Para aprender francês, ora!

— Mas por que você quer aprender francês?

— Para um dia ir morar em Paris.

O desejo era o seu passaporte, ele pensaria. Não, não teria coragem de cortar-lhe as asas, com advertências inúteis: "Assim como os rios, as mais sedutoras cidades do mundo têm suas margens. Você pode estar destinada a cair nas piores delas." A menina poderia apontar-lhe os pássaros em revoada, imitando-os com um movimento dos braços, e a dançar, com certeza imaginando-se num palco ou numa passarela: "Eles também migram. Sem medo dos riscos." E se desvencilharia dele com um aceno. "*Adieu*", lhe diria, finalmente. E sairia correndo, atrás do seu sonho. A

cidade do Oiapoque estaria a 10 minutos de Saint Geor-
ges, que estaria a 30 minutos de Caiena, que estaria a
sete horas de Paris. Corre, menina, corre. O mundo ficou
tão pequeno quanto o fundo de uma agulha. Grande é o
teu sonho de criança. Ei, menina bonita, qual é o teu
nome?

Ele iria sair do sonho dela para entrar num pesadelo.

Quarto do Hotel Madison, a poucos passos do Café de
Flore. Uma cama (de casal), uma mesinha com telefone,
uma cadeira, banheiro e guarda-roupa. Ao sentir o calor
da calefação no seu aposento, desvestiria o casaco de couro, o pulôver e a camisa. A camiseta de dormir, que vinha
usando sob as demais peças para se proteger do frio, seria
suficiente para a temperatura ambiente. Só depois de jogar
tudo sobre a cama, se daria conta de que faltava alguma
coisa sobre ela. Correria ao guarda-roupa e se certificaria
de que a tal coisa também não estava lá. O sobretudo.
Com toda aquela conversa jogada fora com o motorista de
origem armênia, acabara esquecendo-o no banco do seu
táxi. E dentro de um bolso interno do sobretudo havia algo
que não poderia perder. Em total estado de aflição, pegaria
o casaco de couro, para remexer em seus bolsos. O passaporte! Cadê o passaporte?! Remexeria em tudo quanto era
bolso, gaveta, mala, pasta. Era uma vez o seu passaporte.
Em total desespero, só lhe restaria sentar-se, levar as mãos
à cabeça e arrancar todos os seus cabelos. Mas Deus existe,

Pelo fundo da agulha 35

lhe diria uma voz ao telefone. Era da portaria. Avisando que o motorista acabava de trazer o seu sobretudo. E o passaporte? "Sim, está aqui. Foi graças ao passaporte brasileiro..." Se Deus existe mesmo, com toda certeza devia ser armênio, finalizaria ele este episódio, a soltar um portentoso UFA!

Depois disto, nada de terrível poderia acontecer mais em sua vida. Aconteceria. Como veremos mais adiante.

Era uma vez as viagens, fossem elas inspiradas em contos de fadas ou nos folhetos das agências de turismo, revistas de companhias aéreas, programas televisivos, locações cinematográficas, relatos de escritores viajantes.

Nenhuma, porém, seria comparável à primeira, quando, à luz de um candeeiro, percorria com um dedo o mapa de um atlas escolar, preparando-se para uma prova de geografia na escola da sua infância, e o seu dedinho navegava até o mar da Oceania, e ele, maravilhado com o nome desse continente cercado de águas — e que achava o mais bonito de todos —, se perguntava se um dia chegaria lá, de verdade, e se seria nessa Oceania o começo ou o fim do planeta. (*Para a criança, que adora olhar mapas e telas,/ O universo se iguala ao seu vasto apetite./ Ah, como é grande o mundo à tíbia luz de velas!/ E na saudade quão pequeno é o seu limite!*)

Ao tornar-se adulto, sonhara com uma noite de tango em Buenos Aires, e de jazz em Nova York, uma missa cantada em latim na Basílica de São Pedro, Mozart nas ruas de Viena, nostalgias das eras do esplendor da arte e da beleza, *souvenirs*, cartões-postais. Tudo a perder de vista, facilitadíssimo, em outro cartão, o de crédito, na linguagem publicitária contemporânea, que não mais o teria como público-alvo. Agora se sentia como um marinheiro que perdera o barco do tempo — olha lá onde já vai; acabou de sumir na linha do horizonte! —, deixando-o plantado à beira de um cais imaginário, sem saber que rumo tomar.

Calma aí, homem. O mundo ainda não acabou, se é assim que lhe parece. O que ele não oferece mais é o encanto dos descobrimentos, como na era das grandes navegações. Sejamos sinceros: viajar, hoje, não tem a menor graça. É um saco. Aeroportos enormes, desconfortáveis, cansativos. Conexões estorvantes. Passageiros destituídos de *glamour* e pessoal de bordo sem tempo para delicadezas. Lembra da sua primeira viagem aérea? Quando o avião balançou e o prato de comida voou da mesinha para o seu peito, logo surgiu uma aeromoça com uma toalha embebida em água quente e lavanda para, com mãos de fada, remover toda a sujeira sobre o seu paletó azul, comprado à prestação especialmente para aquela estréia no ar. Havia algo de maternal naquele gesto, não? Agora, o seu vôo será realizado num plano impessoal, com a frieza da lógica. Embarque, ajeite-se como puder, fique atento aos avisos

Pelo fundo da agulha 37

eletrônicos, aguarde os serviços de praxe e tente dormir, se for capaz de não se apavorar com as turbulências. No seu sonolento desembarque, perceberá que o mundo ficou igual, no que tem de pior. No mercadão universal não há sonhos à venda. Mas bugigangas que podem ser encontradas ali na esquina.

Alguém aqui pediu-lhe para ficar calmo? Sim, calma aí. Ainda há vigor neste seu corpo ainda não totalmente exaurido em suas batalhas. Trate bem dele, para mantê-lo em bom estado de conservação, não se deixando entrevar junto com os da sua faixa etária, nas mesas de pôquer, dominó e gamão, nos bingos, cassinos, bares, enfim, em nenhum passatempo de desocupados sedentários. Cuide-se. E torne o seu ócio produtivo, para não chafurdar no tédio, na melancolia.

Comece por fazer uma faxina caprichada naqueles livros ali na sua estante, que nunca teve tempo de ler. Os velhos Proust, Dostoievski, Tolstoi, Flaubert, Eça de Queiroz, Machado de Assis, Guimarães Rosa, William Faulkner e demais sumidades entregues às traças poderão servir-lhe de companhia, e menos trabalhosa do que a de um cão. Mas convém programar-se, entre uma leitura e outra, para longas caminhadas diárias e para sessões contínuas de shiatsuterapia, de alongamento, de acupuntura. E nada de empanturrar-se de tudo o que engorda ou mata — incluem-se nisso a catatonice televisiva e internética, qualquer coisa que o impeça de estar em movimento. Nada de beber e fumar desbragadamente, na ilusão de que isso o fará sonhar acordado. Não, não se deprima por se achar condenado a se transformar num ser vegetal ou quase isso.

A redução dos seus prazeres ao grau mínimo lhe dará compensações comprováveis à balança e confirmáveis ao espelho, que lhe revelará diariamente uma silhueta apreciável, para levantar a sua auto-estima. Além disso, o senhor conta com toda uma experiência acumulada, pense positivo, ora. Ainda pode fazer muito nesta vida. E já que sobreviveu até chegar à tal da provecta, indesejável, abominável *terceira idade*, sinta-se com um lucro extraordinário em relação aos que, por decisão própria ou acidentes de percurso, não estão tendo agora o desprazer de encarar no espelho o estado em que a vida os teria deixado: a desalmada sina de rugas e estrias, próteses dentárias, cabelos brancos e ralos ou inexistentes. E mais as rotinas das salas de espera dos consultórios médicos, dos resultados dos laboratórios, humilhações públicas e privadas, baixos teores da libido. — Já fui bom nisso — o senhor se dirá, melancolicamente, enquanto ouve uma voz interna que lhe aconselha a saltar este capítulo. Nem por isso fique aí de crista arriada. Vamos ao popular: não é por ser diabo que o dito-cujo é sábio. É por ser velho. Tudo bem, ele é imortal. Mas pense na chatice que seria uma velhice eterna. E sorria. O senhor está sendo filmado, por Aquele que vê e sabe tudo. Com toda certeza até o misericordioso Deus foge de um tristonho, de um desanimado: "Ih, lá vem aquele mala, com suas queixas de sempre", deve pensar o Todo-poderoso. "Por que não vai encher o saco de um pároco da igreja

Pelo fundo da agulha 39

do doutor Sigmund Freud, em vez de ficar me aborrecendo com pedidos de compaixão?"

O amigo aí está saindo de cena sem aplausos, é verdade. Isso lhe dói. "É na hora que te mandam para casa, para trocares de vez o terno e a gravata por um pijama, que tu descobres que não tiveste a menor importância" — foi o que o senhor pensou, ao deixar a sua sala e andar, sozinho, a passos de aposentado, por um corredor ermo, vazio, inóspito, passando por portas e mais portas sem avistar vivalma. Todos os que antes lhe faziam festinhas, agora se aboletavam no auditório onde estava sendo realizada a cerimônia de posse do... *outro!* No seu lento caminhar, o senhor, enquanto ouvia as palmas e imaginava os sorrisos, os abraços, as instantâneas adesões, concluía que o tapete vermelho no qual pisara nos últimos dois anos agora estava sendo estendido para o seu substituto, "o homem certo no lugar certo", com muitos parabéns e votos de "sucesso em sua nova missão".

Rei morto, rei posto, quem não sabe? Vai me dizer que ainda não sabia que só há interesse onde existe poder? Para alguns, isso é melhor do que foder — com perdão da rima pobre e da expressão chula. Mas, em vez de ficar aí se contorcendo de dor por ter caído do seu pedestal, pense na boa sorte do prêmio de consolação que tem a desfrutar. É uma razoável mesada — a bem dizer, uma taxa de manutenção para o resto de seus dias. E ainda pode voltar à ativa a qualquer momento. Para dar aulas numa faculdade, por exemplo. Afinal, para conquistar o cargo que acaba de perder, o senhor teve de cumprir certas formalidades, que incluíam a formação acadêmica em pedagogia, recursos humanos, administração de empresas ou áreas afins. Só isso já o credencia a concorrer a uma vaga de professor, não pela compensação financeira, que obviamente será irrisória, mas pela reconquista de um espaço de convivência, o que faz a vida mais digna de ser vivida, não acha?

Eu disse cargo? Troquemos em miúdos o do senhor em questão:

1. Chefe dos educadores corporativos do banco número 1 do país (estatal), no seu estado mais poderoso, com status de "autoridade", tendo como jurisdição um universo de dez mil funcionários. Suas funções não estavam relacionadas a demissões, punições, coerções, mas à formação profissional daqueles funcionários.

2. As vantagens do cargo:

Um bom salário + comissões. Participação nos lucros a cada semestre, proporcional ao cargo. Viagens (com diárias). Cursos em várias cidades. Verba de representação, para almoços e jantares de negócios. Sala própria. Secretária. Telefone celular e e-mail pagos pela empresa. Apartamento funcional (do qual o nosso chefe abriu mão, preferindo continuar no seu; negociou isso e ganhou outros benefícios).

3. Os valores intangíveis do cargo:

Convites para eventos os mais variados. Coquetéis. Festas. Presentes. Bajulações. Inumeráveis amigos.

Pelo fundo da agulha **41**

4. Lucros cessantes:

Na hora da aposentadoria, praticamente todas as vantagens especificadas nos itens anteriores ficam invalidadas. Perdas a acrescentar: o crachá que garantia livre acesso à empresa; e com ele, o logotipo, a logomarca, o endereço eletrônico que lhe dava um sobrenome de peso; a sedução das estagiárias; não ter mais ninguém em quem mandar.

Permanece o salário. Integral.

Quantos neste mundo tiveram, têm e terão tamanho privilégio? Um salário integral! E sem ter que suar a camisa para ganhá-lo. Agora, resigne-se a consumi-lo do jeito que lhe aprouver, até na cama, a dormir infinitamente, entregue às musas inspiradoras dos sonhos.

O senhor responde a tudo isso com um sorriso irônico. A ironia: durante os dois últimos anos, funcionários do banco, em vias de se aposentar, iam bater na porta da sua sala. A romaria começava no primeiro dia do último mês de trabalho. Todos com as mesmíssimas queixas e reclamações:

— Dediquei toda a minha vida a esta empresa, e agora vão me despachar, como se eu não tivesse a menor importância para ela? Que coisa mais desumana! Quanta falta de consideração! Isto é cruel.

— Então é assim? Chuparam a laranja até só ficar o bagaço, e agora vão me jogar num cestão de lixo, é?

— Pelo amor de Deus! O que é que eu vou fazer da minha vida, daqui em diante?

A parede da sua sala, aquela para a qual o senhor ficava de costas, era o próprio muro das lamentações, de onde reverberavam os brados de revolta, choro, desespero, ameaças de suicídio e até de assassinato:

— O senhor imagina as conseqüências do que este banco está fazendo comigo? Vocês estão me mandando para casa. Não sei se agüento ficar o dia inteiro olhando para a cara da minha mulher. Vou acabar dando um tiro nela. De quem será a culpa? Mas quem irá para a cadeia, hein?

Se a voz que o senhor ouvia era feminina, apenas invertiam-se os papéis dos atores na cena do crime anunciado.

Esposas em pânico, ao telefone ou pessoalmente, também faziam previsões trágicas, já se vendo na condição de viúvas. Seus maridos não iriam suportar o ócio. Definhariam até o último suspiro. Só não sabiam se lentamente ou depressa.

Para mantê-los vivos, que os recomendassem a comprar um táxi, a abrir um bar, ou um escritório de assessoria contábil, ou outro negócio qualquer, para o qual se sentissem capazes de tocar. Mas o senhor teve de parar com tais aconselhamentos, ao perceber as evidências sensíveis àqueles corações. A empresa era a mais forte razão de viver de cada um, transformada pela aposentadoria em "de morrer". Choravam por uma causa perdida, irreversivelmente, e de modo absurdo, injusto, desumano: o leite derramado. Com certeza, não seria a vaca que iria para o brejo, a partir do momento em que tivessem de entregar os seus crachás, e sim a manada de bezerrões e bezerronas desmamados.

Cabia ao senhor, e só ao senhor, na sua condição de gerente de Recursos Humanos, desempenhar o seu papel

Pelo fundo da agulha   43

de consolador dessas almas aflitas, com uma palavrinha humanitária para cada uma delas, enaltecendo-lhes as qualidades, exagerando no reconhecimento da empresa "aos seus bons serviços prestados", esforçando-se ao máximo para trazê-las à realidade, ao tentar convencê-las de que não estavam sendo jogadas na sarjeta. Iriam passar ao pleno gozo de um direito, assegurado pelas leis trabalhistas. Para levantar-lhes a auto-estima, o senhor lembrava-lhes o lado bom da aposentadoria. Todo o tempo do mundo para o lazer, o que significava poder conjugar o verbo vadiar em todos os seus tempos e modos. Tais argumentos acabavam sendo desmontados com apenas três palavras:

— Falar é fácil.

Nada a fazer. A não ser encaminhar aquelas pessoas aos assistentes sociais e psicólogos. Restava saber se estes seriam capazes de persuadi-las de que não estavam sendo enviadas para um paredão de fuzilamento ou um campo de concentração. Nem sempre se despediam do senhor cordialmente. Não faltou quem lhe apontasse o dedo, para um último desabafo, em forma de predição do castigo que já vinha com a espuma dos dias:

— A sua vez chegará.

Chegou.

E agora o senhor deve estar a lembrar-se de alguns amigos seus que se aposentaram. Um deles, dia sim, dia não, costumava vestir um terno e engravatar-se para ir ao local onde havia trabalhado, sempre com a desculpa de que estava passando ali por perto e resolvera subir para tomar um cafezinho com seus ex-colegas. Primeiro, ele ia direto à sua antiga sala, de olho na cadeira que secretamente não admitia estar sendo ocupada por outro. Julgava-a sua cativa. Ficava por ali bisbilhotando os papéis à mesa, esperando o momento em que seu novo ocupante se levantasse e saísse, oferecendo-lhe a extraordinária oportunidade de sentar-se nela, com a impagável sensação de retomada do poder. Depois, entrava em todas as salas, sem pedir licença. Interrompia os trabalhos, dava palpites, torrava a paciência de todo mundo, pouco se importando se lhe consideravam um estorvo.

Outro, durante um almoço, pediu uma garrafa de uísque, encheu o copo, e lhe fez uma confissão preocupante:

— Ou arranjo um novo emprego, urgentemente, ou vou passar a beber um litro desses por dia.

Não arranjou nada. E a cirrose o aposentou da vida.

Passada a tropa em revista, que tal puxar uma pestana e sonhar com os anjos, hein, senhor?

4

Sonhar, como é bom sonhar...

O homem na cama riu. Estava a recordar-se de uma música dos *bons tempos*, que tocava nos serviços de alto-falantes e nas rádios do interior. Teriam sido tão bons assim, aqueles tempos? Pelo menos eram mais simples, quando ainda se sonhava com um mundo a ser inventado, não exatamente este que está aí, do qual fugiria, se pudesse, para a Lua, onde, quem sabe, devia haver um porto seguro e gente feliz, por não ter espelhos. Lua, oh, Lua!

Oh, memoráveis serenatas em noites enluaradas para moças sonhadoras recém-saídas do banho, cheirando a eucalipto, todas farfalhantes em suas cambraias engomadas, e com suas vozes cheias de esperança num radiante futuro, quando príncipes encantados viriam de longe nas asas de um pavão misterioso, para buscá-las.

46   *Antônio Torres*

Era um povoado sem nome no mapa-múndi nas noites daquele tempo.

E que assim se divulgava: sertão.

Um lugar muito longe do futuro.

E agora bem perto do seu coração.

Ele se recorda: ali, quando o sol tremia como se fosse explodir, até as cigarras sonhavam com a chuva. Com as terras verdes de São Paulo-Paraná. Com uma estrada. Para a mais rica cidade do Brasil, no Sul de todos os sonhos. Naqueles ermos ditos sertão, sonhava-se com as almas penadas a implorarem sua salvação na eternidade, quando, finalmente, viriam revelar o exato lugar onde estava o dinheiro que em vida haviam enterrado, e do qual precisavam libertar-se, desde que um vivente o encontrasse, para então se livrarem do fogo em que ardiam no inferno, pelo pecado da usura.

Lembrar, como é bom lembrar...

Agora se lembrava: era assim que a música começava, aquela que se divulgou nas noites do sertão nos primórdios de suas novidades. Foi quando uma menina bonita aprendeu a cantar outra: *Quem quiser viver um sonho lindo/ que eu vivi...* Imagine que sonho era esse: um recanto encantado, no litoral, *em que os poetas e os violões/ não conseguem descrever/ nas mais belas canções.* Inimaginável agora é o que imaginava do mundo de águas verdes ou azuis — o mar-oceano! —, aquela menininha

Pelo fundo da agulha **47**

que vivia numa planície de solidão e poeira, na qual nem rio havia.

O recanto da memória. Da sua memória. Se Deus ainda existe, que evitasse a perda do único patrimônio que verdadeiramente lhe importava. Pois agora sua vida seria só isso: memória. E exílio. Num apartamento. Num quarto. Na cama.

Hoje tocarei a flauta da minha própria coluna vertebral.

A repentina lembrança desse verso de Vladimir Maiakovski, o que dera à própria vida o ponto final de um balaço, pode ser uma pista para as suas verdadeiras intenções. Como não suspeitar de um homem na cama a evocar histórias de suicidas? Aí tem. Quem foi esse outro? Um poeta russo, nascido em 1893 num vilarejo da Geórgia, que estudou pintura, arquitetura e escultura e, muito jovem, entrou para um partido clandestino, chamado Bolchevique. Foi parar na cadeia. Com a vitória da revolução comunista, em 1917, aderiu a ela, entusiasticamente, tornando-se um dos seus mais arrebatados propagandistas.

Quando, no seu país, os tempos se tornaram difíceis para os artistas de vanguarda, desiludiu-se. E passou a viver amedrontado, a ponto de ser acometido por uma neurose obsessiva, que o levava a lavar as mãos continuamente. E só saía de casa com um sabonete no bolso. Outra de suas obsessões revelou-se mais perigosa. Uma paixão! E logo por uma mulher casada. E com o seu editor. Chamava-se Lila, Lila Brik. Com o inferno no peito, detonou no coração dela torpedos desesperados: "Que Hoffman celestial te pôde inventar, maldita?" Encurralado entre "o derradeiro amor do mundo, ardente como o rubor de um tísico" e suas decepções utópicas, achou que a única saída estava no cano de uma pistola.

Não se pretende aqui comparar os personagens. Já sabemos que o da presente história não se inscreve na lenda heróica. Nem se teme a concretização de fantasias suicidas, levadas a efeito pelo poder das influências literárias. No entanto, não negligenciemos quanto à associação de idéias que a palavra *pistola* pode provocar. Estaria este homem na cama tramando o tresloucado gesto?

Espantou a pergunta com um movimento de mão, como a livrar-se de um mosquito. Não nos inquietemos, pelo menos por enquanto. Não é uma arma o que ele tem sobre a mesa-de-cabeceira, e sim uma pilha de livros, que ele lê como quem reza, não só para afastar os maus pensamentos mas, principalmente isto, para tomar de empréstimo sonhos alheios, na esperança de vir a ter os seus. *Oh, musas inspiradoras, agradeçam ao Criador, se Ele fizer de mim um sonhador.*

Seu credo, porém, era em iluminações mais humanas do que divinas, como as *Memórias, sonhos, reflexões*, de Carl Gustav Jung, *O livro dos sonhos*, de Jorge Luis Borges, e o *Sonhos de sonhos*, de Antonio Tabucchi, no qual esse escritor italiano inventou um sonho tragicômico do doutor Sigmund Freud, o intérprete dos sonhos dos outros. Mas não. Parecia condenado às noites maldormidas, de sono deslustrado, ainda que, uma vez

Pelo fundo da agulha

ou outra, apelasse à inspiração bíblica em O *primeiro livro de Moisés chamado Gênesis*, rogando aos céus a excelsa glória de um encontro com Deus, para saber se Ele dorme como um anjo desde o sétimo dia da Criação, e se no Seu sono de justo sonha em recriar tudo o que criou, e quão belos seriam esses sonhos.

5

Esta noite o oráculo deste homem é uma mulher, sua santa de cabeceira desde tempos já perdidos nos confins da memória.

Eis a história:

Era uma bela tarde de uma cidade ensolarada chamada Recife, na qual não conhecia vivalma, e onde ele acabava de chegar, e vagava sem rumo atravessando pontes sobre canais, ainda assustado com a cena que assistira na porta do hotel em que estava hospedado: uma briga feia entre dois homens. Só vira o apavorante fim, quando um deles enfiou uma faca na barriga do outro, que se estrebuchou de olhos esbugalhados, entalando-se em suas próprias ofensas, a urrar de dor, ai Jesus, enquanto o agressor nem se deu ao trabalho de puxar a enorme lâmina que enterrara no bucho do seu desafeto. O assassino tratou de escafeder-se antes de ser agarrado pela turba que avançava, aos gritos. Com assombro, e estonteado também pela intensa luz da cidade, o transeunte viu no desfecho brutal um aviso de que estava pisando em solo perigoso. Era preciso estar atento a todos os movimentos e tomar todo o cuidado com os esbarrões e até mesmo ao dirigir a palavra a um desconhecido, o que para ele eram todos ali. Pensou: "As pessoas daqui se ofendem à toa. Aqui se mata por qualquer desavença boba."

Desviou-se do alvoroço a passos rápidos, seguindo no sentido contrário ao da fuga do criminoso, tão sem destino quanto ele. Queria mesmo era correr, correr alucinadamente, mas sabia que isso poderia despertar suspeitas de que teria alguma coisa a ver com o crime.

Então diminuiu o passo. Por medo até da sua própria sombra, não olhava para trás, nem encarava os que despontavam à sua frente, tanto quanto jamais iria ter coragem de perguntar a quem quer que fosse em que bairro se encontrava e como se chamaria o próximo. Esse estado de tensão, que beirava o paranóico, o privava de ver com prazer a cidade recortada por rios que vinham de longe para desaguar no mar, logo mais adiante. Imaginou-os coalhados de sangue humano, contaminados pelos dejetos urbanos, e atulhados de cadáveres. (Com o que sonhariam os rios? — ele perguntaria agora.)

A Divina Providência se encarregou de guiá-lo para a porta de um cinema. Em que outro refúgio poderia se sentir mais seguro? Parou e olhou o cartaz do filme que estava passando ali. A primeira sessão começaria em poucos mi-

Pelo fundo da agulha

nutos. E o título do filme era bem apropriado para as suas circunstâncias: *O coração é um caçador solitário*. Comprou o ingresso, entrou no cinema, bebeu água, muita água, municiou-se de dropes para aliviar a garganta ressecada, os nervos, a alma, sabe-se lá mais o quê, e foi se instalar confortavelmente numa poltrona de uma sala de projeção entregue às moscas. O filme era um fracasso. Que alívio. O exílio perfeito. Melhor do que isso só se não pintasse um assassinato na tela. Se visse mais uma cena de crime, ele iria enlouquecer.

Relaxou. O seu medo da cidade começava a ficar sob controle. Por isso mesmo não chegaria a ver o filme. Caiu no sono logo no início, assim que surgiram os letreiros com os nomes do elenco, produção, direção etc. Ao acordar se lembraria apenas de quem escreveu a história. E acharia essa memorização curiosa.

Em outra cidade e outro tempo, ao bisbilhotar livros esquecidos como refugos nos fundos de uma livraria, descobriu que Carson McCullers era uma mulher e não um homem, como pensara na primeira vez que lera o nome dela, na tela do cinema onde havia se refugiado logo depois de ver um sujeito matar outro, também pela primeira vez. *Então era uma mulher!*, ele exclamou, surpreso, ao folhear um de seus livros, gasto, ensebado, desprezado, que com certeza iria comprar, e não apenas pela lembrança do que lhe acontecera naquela cidade chamada Recife. Via-se agora envolvido numa relação, que poderia até considerar amorosa, com essa tal de Carson McCullers, como se fosse alguém que conhecera um dia ao acaso, e que lhe salvara a vida, ao fazê-lo dormir num cinema, ao abrigo de ruas e pontes selvagens, numa cidade onde os seus habitantes se ofendiam facilmente e matavam-se uns aos outros com uma inacreditável facilidade.

Como todo mundo que passou a ir ao cinema em todo o mundo depois da Segunda Guerra Mundial, nunca havia visto na tela uma beldade chamada Carson. E a foto dela na contracapa do livro que ele tinha nas mãos era uma comprovação de que o nome não combinava com aquela pessoa de rostinho fino, nariz afilado, uma franjinha na testa, cabelos escorridos até a altura dos ombros — a lhe dar uma aparência de freira —, sobrancelhas que pareciam um risco de *crayon*, boquinha pintada de quem ia a uma festinha pela primeira vez, e um olhar penetrante. E triste. As linhas biográficas dessa criaturinha o levavam a ver tristeza em seus olhos, pois a descreviam como uma mulher frágil, pateticamente lírica, tragicamente musical, humanamente profunda. No entanto o seu nome, esse Carson, mais parecia de um cabra-macho a viver enfiando peixeiras nas barrigas dos que lhe atravessassem o caminho, numa cidade brasileira chamada Recife, por exemplo, ele pensava agora.

Vai ver esse seu nome, que soava abrutalhado, a bater como uma tijolada nos ouvidos de um extemporâneo admirador brasileiro, tenha sido o preço que ela teve de pagar por haver nascido no estado da Geórgia, no rude Sul dos Estados Unidos, no dia 19 de fevereiro de 1917. Filha de um modesto relojoeiro e casada com um sargento, o seu martírio, porém, não teve nada a ver com o batismo ou o

Pelo fundo da agulha **55**

registro em cartório, nem pelo nome duplo — Lula Carson — que seus pais, Vera Marguerite Waters e Lamar Smith, lhe deram ao nascer. Ao casar-se, perdeu o Smith e ganhou o McCullers. A figurinha que depois de casada passou a assinar-se Carson McCullers teve uma vida breve e infeliz. Aos 37 anos, sofreu uma paralisia em todo o lado esquerdo do seu corpo. Aos 50, disse adeus às terríveis dores físicas que a atormentavam. O sofrimento não a impediu de sonhar, pensa aquele que agora tira os olhos da página de um de seus livros, *e por hoje basta um parágrafo, na verdade não preciso mais do que umas poucas linhas da martirizada Carson, aquela que um dia me fez dormir no cinema, e a quem recorro outra vez para chamar o sono,* ele pensou mais, fechando o livro e repondo-o à mesa-de-cabeceira.

6

Ruído de descarga. Arrastação de móveis sobre o seu teto. Um cachorro late desesperadamente. Crianças batem bola, pulam e gritam em algum lugar que parece muito próximo. Choque violento de carros ali na esquina. Imaginou bêbados e drogados ao volante. Sons de sirenes. Calculou os feridos. Tiroteio assustador em algum lugar. Pensou que podia ser na televisão de um vizinho igualmente insone, ou não. Estridências alucinantes no edifício em frente. Imaginou embalos juvenis. Outro embalo — este de sonho — numa cama acima da sua cabeça. *Ai, ui... Isto é tão bommmm...*

Um piano toca ao longe uma valsa de Bach. Ele se enche de vontade de chegar à janela e berrar, a plenos pulmões:

— Tenham a delicadeza de ouvir esta sonoridade celestial que não sai dos meus ouvidos. É o Bill Evans quem está tocando. Bil o quê? Pouco importa se ninguém saiba de quem se trata. Silêncio, por favor. Chega de som e fúria, significando apenas barulho.

Besteira dizer isso. Ninguém o escutaria.

Ele apaga a luz. Esparrama-se na cama. Nenhum cheiro nem afago de mulher a consolá-lo. Seria o espaço desta cama a real dimensão do seu envelhecer?

Não. Não vai chorar. A música que continuava ouvindo, imaginária ou não, haverá de acalentar-lhe o sono, na sua primeira noite de aposentado. E viúvo.

Sua mulher também havia morrido aos 50 anos, não naquela cama, nem na de um hospital. Foi em trânsito, metralhada pelas costas, dentro de um carro, ao tentar fugir de um assalto, na volta do trabalho para casa. Ela agora era só um retrato em sua cabeceira, junto com os livros. E o rádio-despertador.

Não, ele nunca conseguiu esparramar-se em toda a cama. Deitava-se no seu lado de sempre, deixando vago o espaço que a mulher ocupou enquanto viveu, achando que ela poderia voltar a ocupá-lo, para lhe dar umas cotoveladas, assim que começasse a roncar. Então ele acordaria, tateando na cama sem tocar em corpo algum ao lado do seu, mas convencido de que havia alguém no quarto, a vigiá-lo. Ela. Quem mais poderia ser?

Vamos combinar que esta história da morte brutal da sua mulher é má literatura ou, no mínimo, uma solução

Pelo fundo da agulha

fácil, senhor. Mais parece uma colagem de alguma matéria de jornal, lida hoje, sobre o transe urbano, que se tornou banal, de tão repetitivo. Tal noticiário já não produz um grande impacto, a não ser para os parentes e amigos das vítimas de balas bem endereçadas ou perdidas. O fim (imaginário, diga-se, porém violento) que o senhor deu à sua mulher expressa mais os seus ressentimentos do que a verdade dos fatos. Ela está vivinha da silva. E precisa urgentemente ser avisada do seu desejo de matá-la, ainda que simbolicamente, digamos assim. Por este viés, não podemos esperar que o cordeiro de Deus à cama esteja querendo tirar todos os pecados do mundo. Está apenas revelando os seus. Peca-se por ação ou maus pensamentos, o senhor sabe, não sabe? E do pensamento — um crime em estado latente, por exemplo — pode-se passar à ação. Considere-se réu confesso de um crime potencial. Agora o senhor está encalacrado. E não conte com os meus serviços de advocacia para defendê-lo. Nunca fui do ramo.

Ao eliminar a sua ex-mulher brutalmente, o distinto aí pretendeu retirá-la da sua vida, de uma vez para sempre, não foi? Por um mistério insondável, o senhor aumentou a idade dela, quando do desenlace do seu casamento. O amor que o senhor tinha por aquela bela e fogosa senhora na faixa etária mais degustável — entre os trinta e os quarenta —, em que o corpo feminino adquire a consistência e maciez de um pêssego, virou ódio. Não recordemos agora os motivos de tal separação, que tanto o infelicitou, pois temos muito assunto para conversar — quer dizer, para eu ouvir do senhor —, esta noite.

60 Antônio Torres

Para o momento, relembro o encontro que vocês tiveram hoje, ao cair da tarde. Foi aí que a ficha caiu: ela está em outra. Bastou notar a maletinha que portava, supondo a grife. Victor Hugo ou Louis Vuitton, por aí. Pelos seus passos, gesticulação, modos de sentar-se e falar, o senhor a viu inteiraça. Deve estar malhando todo dia, pensou. Olhando-lhe o rosto, deu vivas à cirurgia plástica.

Sim, ela é ainda uma mulher bonita. E poderosa. Alta executiva. Agora está atuando no mundo empresarial globalizado. Esclareceu-lhe o segmento do mercado, que o senhor fez questão de esquecer. Negócio muito sofisticado para a sua compreensão. Talvez mais para fazê-lo rir do que para o esnobar — ou as duas coisas, vá lá saber —, disse-lhe, em tom de deboche:

— Agora sou chique. E você, pode dizer a mesma coisa? — Ela riu. E continuou: — Tem algum plano para o futuro, que começa amanhã de manhã?

As duas perguntas bateram em seus ouvidos como um paralelepípedo. Teve vontade de esganá-la, não é verdade? Felizmente, conseguiu controlar-se. Melhor assim. Não fora para brigar que lhe havia telefonado. O que queria mesmo era fazer desse encontro um momento de boas recordações. Começaria convidando-a para ver um filme. Afinal, havia sido no cinema que o senhor um dia aprendeu a dizer *ai lóvi iú*.

Ela não ia ter tempo. Precisava rever uns projetos e fazer a mala. Amanhã estará embarcando para Nova York, a trabalho. E se dará três dias de presente para ver um pouco do que esteja rolando por lá, na Broadway e off-Broadway.

Pelo fundo da agulha 61

Mas aceitava uma taça de Prosecco. Ah, sim, o espumante da moda, o senhor sabia, embora ela, brincando ou não, não o achasse chique.

— Só uma. Estou com pressa mesmo!

O senhor pediu-lhe notícias dos filhos, queixando-se de que eles quase não o procuravam.

— Ainda não percebeu?

— O quê?

— Que filho é um saco? Os nossos, às vezes, até que são amáveis. Sei que estão bem. Pode ficar tranqüilo. Ainda não se tornaram traficantes de drogas. Estão ralando muito, nas atividades lícitas, digamos assim. Um virou operador da Bolsa de Valores e o outro é diretor de arte da agência de publicidade que tem a conta da empresa onde trabalho. Vai me dizer que não sabe disto? E que os dois estão ganhando direitinho? E que trocam de mulher como você de camisa? Vê se janta com eles esta noite. Procure-os também, vai!

— E você? Está casada?

— Bom, agora chega. Já estou em cima da hora. Obrigada pelo Prosecco. Desceu bem.

Um beijinho e tchau.

O senhor se pôs a andar pelo velho centro da cidade, que tanto amava, refazendo os primeiros passos de quando nela havia chegado, assustando-se com o estado deplorável de uma parte dele, entregue à mendicância e à prostituição. Velhos cinemas, nos quais o senhor vira os filmes que se tornaram clássicos, agora eram salas pornôs. Outra ainda é reconhecível, pela imponência de seus edifícios, construções tão sólidas quanto as fortunas das empresas nelas instaladas. O senhor se pôs a vagar por ruas do passado, em busca de uma saída para o futuro, não sem antes se certificar de que as manchas de sangue de um casal amigo, metralhado num ponto de ônibus, a poucos passos da catedral da Sé, já haviam sido lavadas pelas enxurradas. Ao sentir os pés redondos de tanto andar, ergueu um braço. Um táxi parou. Ao entrar nele, notou que o motorista devia ter mais ou menos a sua idade, ou talvez um pouco mais.

— Setenta anos — ele disse.

— Já está na hora de se aposentar, o senhor não acha?

— Outra vez?

Contou toda a sua história em poucos minutos. Em resumo: aposentara-se como funcionário público havia 25 anos. Aí entrou em depressão. Achando que ele ia morrer, sua mulher o instigou a comprar um táxi. Foi o que fez. Se estava vivo até hoje, agradecia a ela, que o empurrara para a rua.

— Aposentadoria mata, meu chefe.

Estava falando de corda em casa de enforcado.

7

Era São Paulo esta noite. A cidade que contemplou os sonhos de um imigrante com emprego, mulher, sogro, sogra, filhos (onde estariam eles?), amigos (e estes também?), viagens, amantes, sim, queridas colegas de trabalho, vocês foram o sal e a pimenta do nem sempre insosso *modo funcionário de viver*. E agora muito disso, ou quase tudo isso, havia se esvanecido na fumaça do maior parque industrial da América do Sul — mais um forno, mais um torno, mais um volks. Agora ele estava só, totalmente só, na cidade onde é possível você suportar tudo, quase tudo, menos a falta do que fazer.

> *Memória!*
> *Junta na sala do cérebro as fileiras*
> *das inumeráveis bem-amadas.*

> *Derrama o riso em todos os olhos!*
> *Que de passadas núpcias*
> *a noite se paramente!*

Maiakovski de novo. A lembrança perigosa. *Afastem de mim este fantasma.*

Memória! Um irmão que se matou. Mas isso faz muito tempo. Foi o seu pai quem fez o caixão, a consolar-se numa garrafa de cachaça. Assim que o esquife ficou pronto, tratou de levá-lo para a cova. "Tinha tão pouca gente", desolou-se, ao voltar do enterro. Foi tudo nos conformes da lei dos homens, velho. A igreja fechou-lhe as portas. Suicida não entra na casa de Deus, nem no reino do céu. E afasta as pessoas. Apavora-as. Naquele dia, nenhuma beata teve a coragem de pedir ao doido do lugar para parar de azucrinar o juízo dos vivos, com sua pregação satânica:

— Mais um condenado foi para o inferno! Mirem-se, condenados! — era assim que ele berrava, o tempo todo, como uma gralha mal-assombrada.

Quando a noite baixou com todo o seu peso e assombro, até o doido se apavorou. E mudou o seu discurso:

— A chuva chove nas flores, tua coberta é macia. Vem, que eu te agasalharei — ele começou a dizer, como se quisesse se redimir de suas imprecações de antes. Era o medo da alma do condenado.

Não lhe fizeram uma campa com palavras bonitas gravadas. O mato cobriu-lhe a cova. A chuva fez da erva daninha a coberta que o doido havia prenunciado. E apagou a memória de sua existência. Ele era um ninguém. Menos para a sua mãe.

Pelo fundo da agulha **65**

Ah, a sua mãe.

Ela desatinou ao ver o filho mais amado — o primogênito! — com o pescoço numa corda. "Senhor Deus, misericórdia!" — bradou, arregalando os olhos, em total desespero. E passou a se bater contra uma parede, tresvariando, espumando, e a recitar trechos desconexos de cartas do seu ente querido que guardava na sua alma de *mater dolorosa*. "Nelo meu filho mandou me dizer..."

Do lendário Nelo seu filho restara-lhe apenas frases e mais frases, parágrafos inteiros, de um monte de cartas enviadas a espaços irregulares por toda uma vida, numa letra vertical de quem estudou caligrafia, embora tropeçando na pontuação e na gramática, o que não tinha a menor importância para a sua saudosa mãe também de poucas letras. Para ela, o mais importante era saber que o seu adorado primeiro filho não a havia esquecido. E que estava vivo e com certeza era um homem rico: as cartas sempre lhe traziam algum dinheiro.

"Nelo, Nelo, Nelo." O que sumira por trás da montanha, como o sol no final de todas as tardes, deixando o Brasil para nascer no Japão. E nunca mais voltara. Enfumaçara-se no crepúsculo do mundo. Reencontrá-lo 20 anos depois da partida, enforcado num gancho de uma rede, foi o triste fim do seu sonho de mãe. Ela enlouqueceu. A ponto de arrancar os cabelos, as vestes, a pele, ao dar murros, cabeçadas, chutes numa parede, até ficar toda desgrenhada, esfarrapada, ensangüentada. Como se todos os seus outros filhos, o marido, o mundo, a vida, nada mais fizesse sentido algum. Foi. Num dia já longínquo do passado.

Também fazia muito tempo que ela se recuperou, voltando a passar os seus dias a enfiar uma linha pelo fundo de uma agulha, sem óculos — foi assim que ele, este seu outro filho que sobreviveu para contar essa história, a reencontrou, aos 75 anos, boazinha do juízo. E das vistas. Isso também já faz é tempo. O seu pai e a sua mãe ainda estariam vivos? Todos estarão bem?

Depois do enterro do irmão, ele veio para São Paulo, de onde o outro retornara, para se enforcar nos confins da terra em que nascera. E aqui está, na cidade dos que vêm e vão, vão e vêm. Eis aí a rotação, o movimento pendular dos sem-chão: ir-e-vir, vir-e-ir. Haja estrada. Ele, porém, viera de vez, aos 20 anos, numa viagem sem volta. Mas bem que agora gostaria de regressar ao colo da sua mãe, para saber como ela viu o mundo pelo fundo da agulha da máquina de costura que serviu para vestir todos os seus filhos. E também para dar umas boas risadas com o seu pai, como na última vez que se encontraram, e ter o prazer de ouvi-lo dizer de novo, de boca cheia, na sua entoada voz de terra, mato e sertão:

— Eita! Não se morre mais!

Isso era outra coisa que lhe perturbava o sono, esta noite: não saber se o seu pai ainda estava vivo. E se é verdade que ele conversa com os mortos, como um dia lhe disse a sua irmã Noêmia, por telefone. Apavorada, claro. E não só por medo de assombração, mas de que o velho já começasse a dar sinais de estar aluado. O enorme fascínio a respeito do teor dessas tertúlias do seu pai com as almas do outro mundo já o fizera voar ao seu encontro, ansioso

Pelo fundo da agulha

para saber como eram elas: tristonhas, mortas de saudades da vida, ou aliviadas por terem se livrado do fardo de suas existências?

Não conseguiu arrancar nada do suposto anfitrião dos convivas do Além. Nem teve coragem de lhe fazer uma única pergunta sobre um assunto que imaginava decifrador do maior enigma humano: se há vida depois da morte. E se os mortos podem falar com Deus — ou se ao menos podem confirmar que Ele existe —, e o que há de verdade ou lenda sobre o céu, o purgatório e o inferno.

Voltou se sentindo um contador sem números, um orador sem palavras, um narrador sem fábulas, um peixe sem água, um pássaro sem asas. Ou seja: de mãos vazias. Mas pleno de descobertas outras, como a de que o seu pai era um velho lobo desgarrado que deixava a sua matilha tonta, ao preferir viver sozinho numa toca no alto de uma montanha, onde uivava em surdina para as plantas, para o sol, para as estrelas, para a lua, numa prosa indecifrável com a natureza, contente da vida, ainda que levantando suspeitas de que havia perdido o tino, a ponto de dar bom-dia às árvores, aos pássaros, às suas galinhas. E de conversar com os mortos, quando a noite baixava sobre a sua solidão.

— Cada um que cuide de si. De mim cuido eu. Sei fazer a minha própria comida e lavar a minha roupa. Logo, sou o dono e senhor do meu destino. Podem ficar sossegados. O dia em que a morte estiver para chegar, eu aviso a todos. Aliás, basta dizer isso à minha filha mais velha, a Noêmia, que é a mesma coisa que avisar a todo mundo. Não é ela a metida a chefona dos irmãos e da mãe?

Eis aí um pai do outro mundo.

Agora esperava que, quando voltasse a vê-lo, ele não fizesse como da outra vez, que de cara não reconheceu o filho ausente — e por 20 anos! —, encabulando-se ao ter de perguntar quem ele, esse seu filho, era, chegando até a supor tratar-se de um parente qualquer. Uma confusão perdoável, considerando-se o longo tempo da ausência e a enormidade da sua desgarrada prole. Mas sim. Numa próxima vez iria adorar se o seu pai, logo à primeira vista, lhe abrisse os braços, sorrindo de orelha a orelha, com o mesmo entusiasmo com que antigamente, muito antigamente, soltava meia dúzia de foguetes a cada nascimento de uma criança, para anunciar ao mundo que havia gente nova em sua casa, e exclamasse, sem titubear:

— Totonhim!

— Sim, mestre Antão. Sou eu mesmo. O seu filho Antãozinho, dito Totonhim. O que mora muito longe e nunca manda notícias. E desta vez não vim atendendo a uma convocação da minha irmã Noêmia. Mas cá estou, com o meu apelidozinho de infância, que o senhor me deu. Venha de lá esse abraço.

— Por que não avisou que vinha, para eu receber você direito? Mesmo assim a surpresa é boa. Chegue à frente. Viva Santo Antônio! Viva São João! Viva São Pedro! Totonhim não se esqueceu do velho Totonho. É hoje que eu vou soltar uma dúzia de foguetes.

— Tem uma cachacinha aí, ou um licorzinho de jenipapo, para a gente comemorar?

— Eu não bebo.

Pelo fundo da agulha **69**

— Como esse povo inventa histórias. Já me disseram que o senhor vive caindo de bêbado.

— Rapaz, isso é falta de assunto. Mas se esse povo daqui não inventasse história, de que ia viver? Todo mundo ficava era doido. Deixa isso pra lá. Agora vou fazer um café, que abelha ocupada não tem tempo para tristezas. Você também gosta de um cafezinho sem açúcar, não é? Viu como ainda me lembro disso? Venha comigo. Vamos dar umas risadas lá na cozinha.

Tinha que ser mesmo na cozinha, o cenário das tertúlias ancestrais. Ao pé de um fogão, sob o crepitar da lenha e dos fumegantes panelões de milho verde, batata-doce e aipim. Em noites de sonhos.

Àquela altura da conversa, já teria se dado conta de que o quadro não era mais o mesmo de antes: um velho, um cavalo, um cachorro e uma garrafa de cachaça. Suprima-se a garrafa. "Pouco vai adiantar este remendo, Totonhim" — dir-lhe-ia o pai, sabendo muito bem o que estava falando. "Veja só. Se alguém passa na estrada e me vê com um copo d'água na mão, vai pensar: 'Coitado do velho Antão. Continua se desgraçando na bebida.' Bebi sim. Muito. E muitas vezes. Até ficar de pé redondo. E não só para afogar as minhas mágoas, desde o dia em que a sua mãe botou todos vocês, e todas as tralhas da nossa casa, em cima de um caminhão, e foi embora, me deixando entregue às moscas. Nem me tornei um ébrio apenas pelo desgosto de viver fazendo um caixão atrás do outro, ora de um anjinho, ora de um pecador. Até de um filho que se matou eu fiz, imagine. Mas também bebi para comemorar o nascimento de uma criança. E para molhar a palavra e a alegria, numa festa de batizado ou de casamento, em volta de uma fogueira de Santo Antônio, São João e São Pedro. O que queria que todos entendessem, Totonhim, é que também bebi à vida. Como quando encontrava os velhos compadres, nos dias de feira, e ficava alegre por saber que eles ainda estavam vivos. Não estou querendo negar nada. Mas acredite em mim. Já não bebo."

Repinte o quadro, Totonhim, se ordenaria Totonhim. E esqueça aquele outro, o da cozinha das tertúlias ancestrais, onde todos se reuniam ao pé do fogão, para contar histórias e espantar o medo da noite, sempre cheia de assombrações. Seu pai agora vive num casebre paupérrimo, no qual mal cabem vocês dois. No entanto, não se queixa disso. A ele, o seu pai, tudo o que parece importar é o espaço de fora, de que se sente dono e senhor. Vá encontrá-lo na sua montanha, a contemplar o nascer e o pôr-do-sol mais luminosos do mundo.

Precisava revê-lo. Urgentemente. Para beber de novo um pouco da sabedoria daquele homem simples, e tentar saber se ele ainda acha que o destino humano é só o de viver e deixar viver. Para ouvir de novo os seus únicos conselhos que tinha para cada filho:

"Faça o bem, não importa a quem."

"Empenhe sua palavra com um fio de bigode. E cumpra."

"Não ande com a cabeça no tempo, para não queimar o juízo. Bote o seu chapéu."

Será que o tempo de conselhos assim já passou? E o seu pai, ainda pertenceria a este nosso mundo? E o que estará

Pelo fundo da agulha 71

fazendo de seus dias? Saboreando cada um deles, como se fosse o último?

— Vamos, velho. Responda.

— Eu é que pergunto: e você, Totonhim, o que faz lá naquelas terras civilizadas?

— Nada.

— Como assim? Nada vezes nada?

— É isso mesmo.

— Está desempregado?

— Não senhor. Estou aposentado.

— Imagino que seja uma boa aposentadoria. E não igual à minha, de trabalhador rural. Um salário mínimo, Totonhim. Mas Deus é grande. E essa terra ainda é capaz de dar o meu sustento, como deu antes para eu criar vocês todos. Ainda tenho um quintalzinho aí, onde planto feijão e umas verdurinhas. Basta Deus mandar chuva em todo inverno, que de fome não vou morrer. Rá, rá! Totonhim por aqui. Vai chover hoje.

No auge do seu entusiasmo, ele, o seu pai, começaria a cantar:

— "Chove chuva/ chove sem parar..."

E comentaria:

— Só o comecinho dessa música tem serventia. Eu me recuso a cantar o pedaço dela que diz: "Por favor, chuva ruim/ não molhe mais o meu amor assim." Desde quando chuva é ruim? O bestão que escreveu isso nunca conversou com uma planta. Nem ralou os seus joelhos no pedregulho da ladeira do cruzeiro da Piedade, fazendo penitência junto com a gente, e clamando aos céus para Deus fazer chover.

Mas vamos lá, Totonhim. Choveu na sua horta, até o dia em que se aposentou? Você trabalhava em que mesmo? Era pedreiro, porteiro de edifício, ou cobrador de ônibus, como dizem que é o que os daqui vão ser, em São Paulo?

Não, não poderia, de maneira alguma, dizer ao seu pai que se aposentara como gerente do que quer que fosse do Banco do Brasil. Para não ter que ouvir uma descompostura:

— O quê?! Filho meu já trabalhou para os bandidos? Então você fez um pacto com o diabo, Totonhim? Esqueceu que foi um banco que me deixou na ruína, quando fiz a besteira de tomar dinheiro emprestado, para plantar sisal, quando só sabia plantar feijão e milho, e por isso mesmo não tive lucro nenhum? Nunca se lembrou disso, não? Para me livrar da dívida, fui obrigado a vender as terras, as nossas terras, com tudo o que tinha nelas. Só Deus sabe quanta dor no meu peito e vergonha nesta minha cara eu padeci, quando tive de me desfazer de tudo o que possuía, por causa da desgraça do tal empréstimo. Lembra do nosso quintal de bananeiras? Da roça de mandioca? Dos cajueiros, umbuzeiros, quixabeiras, cajazeiras, e dos pés de araticum e graviola? Perdi tudo, Totonhim, não foi? Senhor Deus! Um filho meu me fez a desonra de dar o seu sangue para o demônio. Era só o que me faltava!

— Espere aí, papai. Não foi o Banco do Brasil que lhe arruinou. Foi um negócio chamado Ancar, a tal da Associação Nacional de Crédito Agrícola e Rural, um braço brasileiro do banqueiro norte-americano Nelson Rockefeller. A vinda desse banco devia até fazer parte dos acordos dos Estados Unidos para o Brasil entrar na Segunda Guerra Mundial.

Pelo fundo da agulha **73**

— Que importam os nomes? Banco é banco e pronto. Eu me lembro, seu moço. Os bancários que vieram para nos arruinar não eram gringos nem nada. Eram brasileiros iguais a você e a mim, tirante o modo deles de se vestir e de falar. Chegaram aqui num jipe, muito bem-falantes, como são todos os que vivem de enganar os outros. Era um domingo de missa e eles pediram ao padre para dizer, na hora do seu sermão: "Amáveis fiés! Plantem sisal que o governo garante!" Está me ouvindo? O beatíssimo padre não falou em nome de nenhum Rockefeller, mas do governo brasileiro. E ele ainda teve o desplante de convencer, a capiaus como eu, que era o progresso que estava chegando nestas brenhas, trazendo dinheiro para quem quisesse plantar sisal, um produto de exportação que estava ganhando o mundo. E os roceiros daqui iam fazer fortunas, o padre explicava, falando pela boca daqueles homens. Caí no conto-do-vigário. Agora me responda: o seu Banco do Brasil, que sempre foi garantido por esse tal de governo, garantiu o meu prejuízo? Tudo faz parte da mesma canalha, Totonhim. E me diga se estou errado.

— É, meu pai. O senhor está com toda a razão. Bota canalha nisso. Deixe que eu lhe conte sobre o meu último dia lá no Banco do Brasil. Nem me fizeram uma festinha de despedida. E olha que foram anos e anos de batente. Tipo funcionário padrão.

— Agora entendi por que você veio tomar um cafezinho amargo comigo. Para se consolar um pouco das suas próprias mágoas, certo?

Ô, velho. Não seria por isso.

Ou só por isso.

— Bem, agora dê umas voltas por aí que eu vou arrumar o seu quarto. Vá rever os parentes, enquanto tomo umas providências. Tem uma pessoa que vai gostar muito de saber que você está na terra. Adivinha de quem estou falando?

8

Ora se não adivinhava. Inesita! Aquela que o levara a ver estrelas, numa das mais iluminadas de suas noites, a ser rememorada com um conhaque à luz de uma lua cheia.

Não teria pressa em reencontrá-la. Talvez nem desejasse isso. Por temer ver-se diante de um quadro merencório: um homem e uma mulher parados, frente a frente, com os olhos a buscar, não nos rostos que se defrontam, mas no fundo de suas memórias, as feições que já tiveram um dia, quando se amaram muito.

Dispensam-se palavras.

Mas não a tradução do que lhes vem à mente.

Ele: "Ainda te lembras de mim?" (Subtexto: "Não tinhas este rosto, Inesita.")

Ela: "Mas é claro! Tu vieste aqui uma vez e me comeste como se eu fosse uma égua, uma puta. O que mais uma

mulher poderia desejar? Só que não ficaste para envelhe-
cermos juntos. Por isso agora nos estranhamos. Como se
não estivéssemos nos reconhecendo." (Subtexto: "E tu,
Totonhim? Pensas que o tempo só passou para mim?")

Ele (achando que chegara o instante das palavras que
consolam): "Estás muito bem, hein?".

Ela (concluindo que era melhor dizer logo o que ele certamente estava querendo ouvir): "Tu também." (Risos).

Então os dois se dariam as mãos e, sem se dizerem
nada, seguiriam por uma ruazinha deserta que iria desem-
bocar numa estrada de terra. E essa estrada os levaria a
uma cancela. Passariam por ela, avançando os passos, até
avistarem uma árvore, que continuava frondosa, como no
dia em que um menino experimentou um bocadinho do
fruto proibido debaixo dela. Passara-se isto há um bom
meio século. Agora, a simples visão daquela árvore devol-
veria àqueles dois os papéis de pequeno Adão e pequena
Eva, a caminho de descobrirem as suas diferenças que, se
entrelaçadas, os fariam conhecer o paraíso.

No princípio foi um menino e uma menina. Primeiro, o
menino tocou na maçã proibida. Depois, já maiorzinho, a
mordeu. Viria a saboreá-la por inteiro bem mais tarde,
quando já havia se submetido a experimentações variadas
do bíblico fruto.

Reportemo-nos à ordem dos acontecimentos.

Assim que os dois chegaram à árvore, Evita (na vida real,
Inês, Inesita, Inezinha, ou simplesmente I) assanhou-se.

Pelo fundo da agulha 77

— Vou subir nela — disse. Pulou e se agarrou ao galho mais baixo. Pediu-lhe para segurar os seus pés, até que ela atingisse o outro galho, a poucos palmos das suas mãos, e firmasse o passo no tronco. Ele obedeceu, entrelaçando os dedos e fazendo uma concha para apoiar uns pezinhos rechonchudinhos, fofos, quentinhos, gostosinhos, que davam vontade de apertar, de lamber, de enfiar na boca e comer. Plantado ali no chão, fincando-se bem para não escorregar e cair, fazendo-a desabar, ele a impulsionou pela árvore acima, acompanhando a sua escalada em êxtase, ao descobrir o tesouro que aquela menina escondia sob as suas saias. As calcinhas! Era a sua primeira visão do paraíso, a lhe dar vertigem. Abaixou a vista. O mundo girava diante dos seus olhos, numa velocidade incontrolável. Achou que ia desmaiar. Segurou-se no tronco da árvore e ficou esperando a menina descer. Para que tudo voltasse a ser como era antes.

Quando ela desceu, desgrenhada mas desmanchando-se em sorrisos pela sua proeza sem escorregões, disse-lhe que por muito pouco não havia pegado um passarinho, que lhe escapara assim — zás! Chegou-se mais perto do seu ajudante de traquinagem olhando-o nos olhos, com uma faceirice estonteante. Depois desceu a vista por todo o corpo dele, como se estivesse medindo a extensão do rebuliço que a visão dos seus fundilhos havia causado. E, bumba: levantou a saia e arriou as suas tão extasiantes calcinhas.

— Vamos botar os nossos passarinhos para brigar? O meu já está todo arrepiado. Toque o dedo nesse pinguelinho aqui, ó. É quentinho, não é? Agora ponha o seu passarinho na porta da minha gaiolinha. Ai! Dá um tremeliquezinho gostoso, não dá?

Assim se conta a história de uma árvore, que guardaria para sempre em sua sombra a memória de um encontro entre uma Evinha e um Adãozinho, no dia em que eles chegaram às portas do Éden.

———

Iriam crescer sem mais vadiar juntos pelos pastos, como daquela vez. Meninas iam para uma escola, meninos para outra. E depois da escola havia os afazeres domésticos, para as meninas, e o trabalho braçal, nas roças, para os meninos. Mas quis o destino que os dois voltassem a se encontrar, num quintal de bananeiras. Desta vez ela não ia apenas levantar as saias e abaixar as calcinhas. Despiu-se completamente, exibindo uma touceira de cabelos louros em torno da sua gaiolinha, e seios bem empinados. Ele a imitou, revelando-lhe também as transformações do seu corpo. E assim, frente a frente, como vieram ao mundo, se tocaram, se abraçaram, se beijaram. Descobriram-se ainda mais desejáveis. E foi então que viram a Terra tremer e o mundo virar e revirar, enquanto a Evita feita mocinha, na travessia que iria torná-la uma mulher, urrava, de prazer e dor: "Você me ama, você me ama, você me ama?"

Ora se a amava!

— Estou toda doída.

Doída, ensangüentada e cheia de terrores íntimos. Como o medo de engravidar. E o de ter acabado de entrar

Pelo fundo da agulha **79**

para o rol das moças perdidas. As desonradas. Era uma vez a sua virgindade, que simbolizava a honra a ser celebrada de véu e grinalda, em frente a um altar de Deus. "Maria Inês Vandeck de Albuquerque, aceita Antão Filho como seu legítimo esposo?" Ela antevia a cena, ansiosamente aguardada pelas mocinhas em idade núbil, com um balançar de cabeça. "Padre Antônio, o senhor está sacramentando a união de Inesita e Totonhim, duas crianças que sempre se amaram. Os nossos nomes são esses e não os que o senhor está dizendo, embora também pertençam às mesmas pessoas. Portanto, peço-lhe encarecidamente para repetir a pergunta, mas com o nome certo daquele que é meu legítimo esposo desde menino."

Ela sabia que tinha avançado no tempo. Cedera ao cio da natureza, sobre um amontoado de folhas de bananeira. Não estava arrependida. Apenas sentia-se toda melada como uma bezerra que se espojara num monte de areia. E preocupada. Seu pai, sua mãe e seus irmãos já deviam estar perguntando uns aos outros onde ela havia se metido. Ouviu ao longe o chamado dos sinos. Dia de missa, confissões, batismos, crismas, casamentos. Sua mãe era zeladora da igreja. E seu pai apreciava os licores oferecidos nas festinhas de comemoração dos sacramentos. Tomara mesmo que estejam muito entretidos e não dêem pela sua falta. O safadinho do Totonhim havia previsto isso, quando a convidara para um passeio no campo. Esboçou um sorriso. E disse:

— Perdi o meu cabaço, seu cachorro! Você vai continuar gostando de mim?

Sim, sim, sim. Por todo o sempre. Amém.

80   Antônio Torres

— E vai se casar comigo?

Ele respondeu com uma jura. Cruzou um dedo em outro e os beijou. Depois, deu-lhe as mãos, para levantá-la.

— Vamos nos lavar — disse, puxando-a para um tanque que ficava logo ao lado do quintal das bananeiras.

— Espere aí. Primeiro, vamos nos vestir.

— Para quê? Não há ninguém por aqui.

Entraram no tanque de mãos dadas. Lavaram-se e se abraçaram. E perceberam que nem toda a água do mundo seria capaz de apagar o fogo que ardia dentro deles.

— Devagarinho — ela sussurrou-lhe. — Agora entre de pouquinho em pouquinho, assim, isso, ui!

Menos afoito do que na primeira vez, ele mergulhava para dentro de um fundo invisível, avançando e recuando e voltando a avançar lentamente, estendendo a duração do tempo da chegada ao final do seu mergulho. Agora ele se sentia um homem, e não um menino a brincar de pôr o seu passarinho numa gaiola.

Pouco depois desse batismo às sombras das bananeiras, e do crisma sacramentado nas águas de um tanque de fundo lamacento, os seus caminhos iriam se bifurcar. O dela a levaria a uma capital, em busca de estudos mais avançados, entre o azul do mar, brancas areias, o encantamento das ruas, festas públicas e privadas, palácios iluminados, na cidade civilizada. "Sete léguas de ruas!", exclamava-se naqueles ermos sertões, que se juntavam de vez em quando no descampado de uma praça, tendo aos fundos a rua do Tanque Velho, a Nova, a do Cemitério, a do prédio escolar — nos dias de feira, de missa, enterro, batizado e ca-

Pelo fundo da agulha 81

samento, catecismo, novena, quermesse, festa dos vaqueiros, e de Santo Antônio, São João e São Pedro.

Fizera da sua menina de cabelos de boneca de milho uma mulher, que lá se fora, para a cidade que embalaria o seu sono com o balanço das ondas do mar, histórias de sereias, fadas das águas salgadas, ritmadas pelos atabaques de seus terreiros de candomblé, e iria despertá-la, todas as manhãs, ao som dos sinos de 365 igrejas, que eram tantas as que a Bahia tinha, dizia-se. Bahia: Salvador. A enfeitiçada capital do amor. Quem pintou sua aquarela, com farofa amarela, vatapá e cangerê?

— Nunca mais verei você, não é, Inesita?

9

Corresponderam-se por algum tempo, a princípio com o ardor dos apaixonados. Depois, a correspondência (dela) foi rareando, até finar-se. Ele foi estudar em outra cidade, ali por perto, nas suas modestas redondezas. Concluiu o curso secundário. E voltou para a terra em que nascera, empregando-se na prefeitura. Salário baixo, vida miúda, mas de alguma utilidade. Ah, sim. Por incapacidade geral dos rapazes do lugar em decorar a missa em latim, fora convencido, pelas zeladoras da igreja, a aceitar o cargo de sacristão, o que lhe garantia uns ganhos extras, nos dias de missa e santas missões.

Feita a contagem das contribuições dos fiéis, o padre sempre o gratificava pela assistência em todos os serviços religiosos remunerados, aos quais se somavam as doações espontâneas, ou solicitadas ao final dos sermões e em avisos impressos, com promessas de juros e dividendos divinos. Deus Nosso Senhor e Nossa Senhora do Amparo, a padroeira de todos os contribuintes daquela paróquia, haveriam de recompensá-los, nesta vida e na eterna. Numa, trazendo-lhes a bonança. Na outra, salvando suas almas. A salvação do pároco vinha em sacolas, e delas era despejada na gaveta da mesa à sacristia, de modo concreto, material, sonante. A do sacristão, personagem menor na hierarquia eclesiástica, dependia do montante dos valores materiais arrecadados. Quanto mais massudos fossem, mais benfazejo seria o seu quinhão.

Logo, sua sobrevivência ali estava longe de ser dramática. Já no plano familiar, não podia dizer a mesma coisa. Duras vivências. Como desgraça pouca é bobagem, a lembrança de Inesita o fazia sangrar pelos cotovelos. Na Bahia de todos os santos, todos os feitiços, todas as seduções, todos os capadócios — os seus malandros cheios de picardia e malemolência —, com certeza ela já se fora com outro.

Mais longe iria um coração solitário.

Ufa! Trinta e seis horas de estrada. Uma boa estirada. Rasgando quatro estados da federação: Bahia, Minas Gerais, Rio de Janeiro, São Paulo. Só. Sozinho dentro de um ônibus. Só num mundo que passava célere à sua janela, vendo o país em mudança, com todos os seus traumas ou ilusões, e, no avançar das rodas, mudando na geografia, nas feições, no modo de falar.

Perceberia isso mais nitidamente nas paradas para comer, ir ao banheiro, escovar os dentes, lavar a cara sonada, sempre de maleta à mão. Medo de ser roubado. Além da

Pelo fundo da agulha **85**

roupa do corpo, do dinheiro nos bolsos para as despesas a caminho, tudo o que possuía de seu estava dentro dela. Não fazia a menor idéia de quanto tempo a fortuna que transportava no fundo da maleta ia durar, quantos dias ou meses poderiam ser custeados pelo que conseguira amealhar como servidor municipal e de um Deus paroquial, mais os acréscimos da venda de uma bezerra, e de um jumento, criados no pasto do seu finado avô, e o décimo terceiro salário garantido pela lei trabalhista. Demitira-se da Prefeitura em dezembro. E agora era janeiro. De um ano qualquer, já numa década avançada do século XX, que ia inflando, inflando, como um balão de gás solto no ar, levando sua juventude dentro dele, a caminho da Lua, onde descobriria que a Terra é azul, se, por encantamento, viesse a se transformar num astronauta.

Medo de acabar do mesmo jeito de seu irmão, que rodou, rodou, rodou para voltar ao ponto de partida, com uma mão na frente e a outra segurando uma mala vazia.

— Totonhim, a vida seria uma beleza se não fosse o tal do dinheiro. Mas não se queixe da sua para não atrair o azar. Até porque você é um rapaz de sorte — se disse Totonhim.

Eis aí: escapara do caixãozinho azul, dos anjinhos que iam para o céu, mal acabavam de nascer. Livrara-se do cabo de uma enxada. Nunca tinha passado fome. E havia aprendido a ler e escrever, o que contribuíra para aprimorar o seu raciocínio, que se tornara mais rápido do que o da maioria, lá na sua aldeia, fazendo dele alguém digno de respeito. Tanto que, ao se despedir do prefeito, fora surpreendido com um prêmio "pelos seus bons serviços prestados".

— Uma gratificação pessoal — dissera-lhe o premiador, convencendo-o a aceitá-la sem constrangimentos. E aproveitando a ocasião para fazer um discurso inflamado, tão altissonante quanto os que costumava improvisar num palanque, com voz trêmula, para produzir um efeito fulminante diante da platéia, mesmo que nela houvesse uma única pessoa. Ele. O solitário ouvinte do orador que devia almejar poder um dia subir à tribuna do Senado Federal. O tom da sua fala, numa sala de porta trancada, não fora de conversa íntima, mas de um inaugurador de obras públicas. O jardim da praça, o calçamento da Rua do Tanque Velho, uma cisterna, um açude, o alargamento de um caminho de roça para passagem de veículos motorizados, um campinho de futebol, o rebaixamento da subida do Cruzeiro dos Montes e da Ladeira Grande, "para facilitar a chegada do progresso", a instalação da primeira antena parabólica ("olhem aí, o progresso já começou a chegar à nossa terra!"), coisas assim, que poderiam garantir-lhe uma reeleição ou, quem sabe, uma candidatura a deputado estadual e daí em diante.

E daí não deixar jamais passar em branco qualquer oportunidade — batizados, casamentos, aniversários e demais comemorações de correligionários —, em que pudesse exercitar a sua oratória, como sempre à espera dos aplausos, os indicadores de que o seu futuro seria mesmo brilhante. O eleitor à sua frente iria para São Paulo. Podia ser que mantivesse o seu domicílio eleitoral, a exemplo de muitos que se mudavam, até porque poderiam voltar. Aquele prefeito era sensível a esse ir e vir. Partir e regres-

Pelo fundo da agulha 87

sar. E não ignorava que muitos dos que partiam e não retornavam mantinham vínculos profundos com a terra natal. Sabia o que estava fazendo.

— Espero que você, Antão Filho, que todos nós aqui, expressando o nosso bem-querer, chamamos de Totonhim, como eu ia dizendo, espero que aceite essa modesta contribuição para a sua viagem, como uma prova do reconhecimento do mandatário deste município em que você nasceu, ao seu caráter sem jaça, sua dedicação ímpar, lisura, ética, denodo exemplares, em prol da nossa comunidade. Como dizia Robespierre, o incorruptível...

Etc. etc. etc. Baba de quiabo, escorrendo adjetivos. "Bem-feito, Totonhim. Não foste tu mesmo que enfiaste esse *Robespierre, o incorruptível,* e mais um monte de baboseira, num discurso dele?" A contribuição, porém, quebrava-lhe um galho. Uma gorjeta nada desprezível.

— Obrigado, senhor prefeito. Muito obrigado.

A lamentar: a ausência do padre. Estava viajando. Para o Vaticano? Para ficar bem longe de um cordeiro de Deus que ia se desgarrar do seu rebanho?

Agora, dedicação, lisura, ética, denodo, prol, comunidade, Robespierre, incorruptível etc. eram palavras que não encheriam as barriguinhas das crianças que choramigavam, nem dariam paciência às mães que tentavam tapeá-las com biscoitos, leite, água, refrigerantes, muito menos serviriam de consolo para pais silenciosos, a resmungar para si mesmos suas queixas mudas contra as mulheres que haviam se enfeitiçado com o cheiro da gasolina, e os arrancaram de suas tocas, empurrando-os para a estrada. Roça nunca mais. Trabalho de roça era uma consumição sem futuro, elas diziam agora, exigindo o direito de usar saias curtas, blusas de mangas cavadas, braços, pescoços, e covinhas de seus seios à mostra, os pêlos das axilas, das sobrancelhas e até os pubianos depilados, rostos maquiados, bocas e unhas pintadas. Pernas raspadas com gilete azul, que acabava de substituir a navalha com que os homens faziam as barbas. E assim, bem apresentáveis, perfeitamente adequadas às exigências de um mundo que passava a ser movido a gasolina, e não mais por carros de bois, lombos de jegues, burros e cavalos, elas, com suas pernocas de fora, marchariam para a cidade.

Não uma qualquer. Mas a maior de todas, a mais rica, com luz elétrica e água nas torneiras, nos chuveiros, nas banheiras, nas descargas das privadas, papel higiênico, sabonetes de toda espécie e qualidade, xampus, escovas e secadores de cabelos, pasta de dentes — e dentistas, ginecologistas, cirurgiões plásticos! —, chuveiro, máquina de lavar roupa, vai ver até de lavar louça já existia. Novidades. Chegava de pote d'água na cabeça, lusco-fusco de candeeiro, tomar banho em bacia — e só aos domingos —, arrancar feijão, descascar mandioca, despalhar milho, bater grãos num pilão, calos nas mãos, fedor de folha de fumo em todo o corpo, frieiras nos pés, espinhos e carrapatos nas pernas, lêndeas e piolhos nos cabelos, mosquitos a azucrinar-lhes os ouvidos, a chupar-lhes o sangue, almas penadas a perturbar-lhes o juízo, até em sonhos, noites mal-assombradas pelas gralhas infernais, povoadas de lobisomens, mulas-sem-cabeça, zumbis, fogos-fátuos, poeira

Pelo fundo da agulha

nos olhos, farelos na roupa, sol de rachar moleira, suor e cansaço. Era uma vez a penitência de cagar de cócoras e se limpar com folha do mato ou sabugo de espiga de milho.

— Apoiado! — uma geração inteira aplaudiu entusiasticamente aquilo que lhe soou como os gritos de independência de suas mães. Pé na estrada. Agora, as moças e os rapazes que lhes deram razão se levantavam de suas poltronas, formando animados grupos, a tagarelar sobre os motivos que os levaram a entrar naquele ônibus.

As mesmas histórias, variando apenas nas fontes em que baseavam os seus relatos. Cartas. Notícias dos que se deram bem na fábrica da Nitroquímica, em São Miguel Paulista, e nas outras que faziam o país pedir passagem para girar, mais um forno, mais um torno, mais um rolamento, mais um ônibus, um caminhão, um carro de passeio. As boas-novas vinham dentro de um envelope postado no correio, ou enviadas "E. M.", significando isto "Em mãos", e "P. E. O.", "Por Especial Obséquio", civilidades de Santo André, São Bernardo, São Caetano do Sul, e eram tantas as cidades da civilização de prédios altos, do novo mundo das fábricas, e, nos seus campos, da cultura do café, cana-de-açúcar, laranja, morango, e de frutas japonesas, flores holandesas, alemãs, sabia-se lá de mais onde, dinheiro jorrando, também em Campinas, Americana, Limeira, Sorocaba, Itu, São José dos Campos, Marília, Bauru, Ribeirão Preto, Araçatuba, Pindamonhangaba, Santa Rita do Passa Quatro, Assis, Presidente Prudente, Araraquara, Piracicaba, Ourinhos, Itapeva, Guaratinguetá, São José do Rio Preto, Capão Bonito. Tantas eram as cidades cheias de futuro que se tornava impossível lembrar os nomes de todas. E havia mais a serra de Santos, que dava no mar, ó, meu Deus, que país de rasgar chão e arranhar céu, nos sem-fim de São Paulo — Paraná, Londrina, Maringá, e lá se ia até Passo Fundo, no mais longe do Sul, para lá do fim do mundo, Santana do Livramento, Uruguaiana, Foz do Iguaçu, no fim do Brasil, no começo do estrangeiro, onde se falava na língua dos tangos, milongas, boleros e guarânias, *vaya con Dios, querida, vaya con Dios, amor...*

Coisas de ouvir dizer, por todos que estavam dentro do ônibus, sobre cidades que tinham o que ninguém ali nunca havia visto nem imaginado. Cinema, teatro, boate, televisão, futebol campeão do mundo, passarelas da moda, bares, lojas que pareciam palácios encantados, restaurantes — de italiano, de francês, de gaúcho, de japonês, de mineiro e nordestino, de chinês; de tudo do planeta, São Paulo tinha, para os lados e para baixo, estrada afora. E muito. Diversão. Dinheiro. Até frio tinha. E garoa. Coisinha boa de se ver.

Trabalhava-se dia e noite. Mas quando não se estava trabalhando, os pedreiros, os carpinteiros, os operários das fábricas, os mecânicos, borracheiros e guardadores de automóveis, os cobradores e os motoristas dos ônibus, os ascensoristas, os porteiros, as empregadas domésticas, costureiras, faxineiras, cabeleireiras, manicures, enfermeiras, babás, os lixeiros, os varredores das ruas, tomavam um banho, se perfumavam, vestiam uma roupa bem passada e podiam ir a um baile ou entrar em qualquer lugar de doutor.

Pelo fundo da agulha 91

Na primeira paragem, sentiu o peso de tantos sonhos doer em toda a sua carcaça esbodegada. Pescoço torto. Ombros duros. Costas empenadas. Bunda quadrada. Pernas e pés dormentes. Esticou os braços, para os lados, para cima, para baixo. Bateu com um pé no chão, depois o outro. Fez um marche, marche. Ensaiou uns chutes numa bola imaginária. A dormência se transformou em formigamento. Andou. Entre o atulhamento de vendedores de qualquer coisa de comer e beber a peles de bode e o inchaço da população flutuante que descia dos ônibus ou a eles regressava.

Lembrou-se do pai, na primeira vez que chegou a uma rodoviária:

— Isto aqui parece um formigueiro! — exclamou, com todo o seu espanto de roceiro. Estaria aquele homem rude, que mal sabia assinar o nome, sem querer, sem pretender isso, definindo o país com uma percepção mais aguda do que as de seus sábios explicadores? Bastou um presidente da República dizer que "governar é construir estradas" para as formigas sentirem no ar o cheiro da gasolina e passarem a se mover em busca de um novo buraco em que se enfiar, em São Paulo — Paraná. O Sul verde. Porque Deus sempre mandava chuva para lá.

Sozinho no meio da multidão. O passageiro ao seu lado não contava. Mais dormia do que conversava. Quando acordava, fazia-lhe uma única pergunta:

— Sabe dizer onde estamos?

Lá pelas tantas, no avançar das horas e da rodagem, pensou em responder-lhe:

— Ainda não chegamos à Oceania.

Mas conteve-se. Aquele rapaz de poucas palavras jamais iria compreender que ele estava evocando uma fantasia da sua infância, quando, percorrendo o mapa-múndi na ponta de um dedo, sonhava em navegar até chegar ao reino da mitológica filha do Senhor das Águas, o mais velho dos Titãs, e neta de Urano, o Céu, e de Gaia, a Terra, encantadora de navegantes como ele, um menino que nunca tinha visto o mar. Deixou as suas reminiscências infantis para trás e respondeu brevemente:

— Milagres.

E voltou a confabular consigo mesmo: não seria nesse lugar que deveriam saltar? Milagres! Não era o que todos os que estavam em trânsito esperavam encontrar, no ponto final? E haveria um ponto final, no caminho das formigas? Enquanto divagava, para esquecer as muitas horas de estrada que ainda tinha pela frente, a cidade de Milagres ia ficando para trás.

Então o seu companheiro de viagem abriu um farnel.

— Está servido?

Seus mantimentos para a jornada: rapadura, galinha assada, farofa, um cuscuz de milho, outro de tapioca, canjica, beijus. As provisões dos vaqueiros, dos tropeiros, dos boiadeiros, dos caçadores. O bem-provisionado não insistiu na pergunta. Mera formalidade para com um estranho, pensou, depois de dizer:

— Não, obrigado. Bom proveito.

Num relance, observou que o dorminhoco comilão devorava os seus bocados aos poucos, e tristemente, dando a

Pelo fundo da agulha 93

impressão de necessitar que eles rendessem ao máximo, para não ter de gastar dinheiro com comida, ao mesmo tempo que engolia em silêncio a saudade de alguém. De sua mãe, talvez.

Assim se iam, rumo ao desconhecido, ao mais que vinha e passava, na continuação da monotonia de retas a se perderem na linha do horizonte, na estonteante intensidade da luz. Ladeiras, curvas e encruzilhadas assustadoras. O suspense das ultrapassagens. O perigo dos loucos na contramão, de um cochilo do motorista, emperramento do freio, perda de direção, calor de fundir motor, buracos de quebrar molas, estourar pneus. Cavalos perdidos na pista, lentos como desempregados bêbados, sem a mesma serventia de antes da nova era motorizada.

Medo de tempestades. Enxurradas. Derrapagens. Deslizamentos de encostas: terra, pau, pedra — o fim do caminho. Desabamentos de pontes. Capotagem em despenhadeiros. No mais, eram as planícies, os pastos, montanhas, cordilheiras, rios, selvas. E a solidão de um país grande. Exageradão. E estava atravessando apenas um pedaço dele. Distância para valer devia ser a do Oiapoque ao Chuí, que nem sabia a extensão. A que estava desbravando dava para traçar em uma noite, um dia, e mais outra noite. Doze com doze, vinte e quatro. Com mais doze, trinta e seis. Trinta e seis horas, incluindo nesse tempo as paragens e as trocas de motorista. Café pequeno.

10

Partira num fim de tarde. Poucas despedidas, expressadas em pêsames. A faixa preta, em sinal de luto, a envolver uma das mangas da sua camisa, era mais do que um triste símbolo. Trazia à tona um evento fatídico, do qual certamente ninguém queria mais se lembrar.

— Deus que tenha piedade daquela pobre criatura — houve quem lhe dissesse.

Não precisava de melhor justificativa para deixar aquela terra. Se nela permanecesse, iria passar o resto da vida estigmatizado como "o irmão do suicida", e a ouvir eternamente os rogos pela salvação de um condenado às profundezas do inferno. Ele sabia. Sumir das vistas de todos seria mais do que poupar-lhes as rogações. Evitava-lhes o terror que a sua presença rememorava.

Disse adeus a quem teve coragem de lhe desejar uma boa viagem.

96   *Antônio Torres*

— Deus te leve, viu?!!!

Ao que ele próprio completava:

— E fique por lá, por todo o sempre, amém. Não volte nunca mais. Tenha a bondade de nos esquecer. Para que nos livremos daquela alma penada, pela qual tanto rezamos para que nos esqueça. Quem atentou contra a vida não tem direito a missa de sétimo dia. Não entra no reino do céu, nem merece pouso no purgatório. Diz-se que acaba sendo rejeitado até por Satanás, que lhe recusa guarida. Sem ter onde baixar com todo o peso dos seus pecados, fica a vagar na escuridão, assombrando as nossas noites, nos infernizando com a sua agonia. Irmão do zumbi das trevas: pelo amor de Deus, suma do nosso alcance. E leve consigo toda a assombração que não foi capaz de evitar, de nos poupar. Por que não jogou fora todas as cordas que tinha em casa? Não percebeu que era tudo o que o seu irmão queria? Uma corda para se enforcar?

Era um dia comum, passados uns poucos outros depois daquele tão cheio de "Ai, Jesus, um homem se matou. Logo o grande Nelo, que chegou aqui tão importante, tão cheio de dentes de ouro. Senhor Deus, misericórdia!"

Pior foi quando a noite chegou. Os galos cantaram fora de hora, os cães uivaram lancinantemente, até São Jorge, montado em seu cavalo e de espada em punho dentro da lua, urrou como um vivente ferido de morte, fazendo a terra tremer, e a vociferar, pela boca de um doido:

— Sou teu pai e tua mãe. Vem, que te agasalharei.

Ninguém conseguiu dormir.

Pelo fundo da agulha **97**

Mas agora era outro dia. E não havia feira nesse outro dia. Nem qualquer outro motivo de aglomeração: missa, batizado, crisma, casamento, novena, velório, enterro, comício, eleição. Não havendo nada disto, o povo do lugar entocava-se pelas roças, quem sabe esperando a hora de partir também. E a velha praça de sempre estava reduzida a um deserto de seres vivos. Nem o pai ficou para vê-lo ir-se. Cumprido o seu doloroso dever de fazer o caixão e enterrar o filho mais velho, decidiu-se por regressar logo à cidade em que morava, chamada Feira de Santana. Mas voltaria, ele pressentia isso. Seu pai jamais admitiria ser enterrado em outra terra.

Os irmãos não vieram. Não foram avisados. Viviam espalhados num raio de muitos quilômetros. E tinham mais o que fazer. Quanto à ausência da sua mãe, devia-se a uma razão de força maior: uma camisa-de-força. No hospício de uma cidade que se chamava Alagoinhas. Vontade de descer lá, para ver de que jeito ela estava. Algum progresso, mesmo estado, ou regresso?

O ônibus para São Paulo sairia de Inhambupe, dali a exatos 42 quilômetros. Escolhera esta opção, entre tantas, por ser a de trajeto mais curto, no transporte secundário, sujeito ao desconforto da acomodação e ao transtorno dos carregamentos de gaiolas, balaios, cestos, engradados, sacos de farinha, de feijão e de milho, galinhas, gato, cachorro, ovelha e cabrito. O sertão em movimento, para tudo quanto era canto, à procura de parentes que preferiram mudanças mais próximas, no caminho que o levava à capital, Salvador. Dita Bahia, pelos sertanejos, que não se sentiam baianos. Estes ficavam lá nas beiras do mar, *entonces vosmicê num sabe?*

— Se encontrarem a Inesita por lá, me façam o favor de dizer a ela que mando-lhe lembranças — poderia até pensar em pedir-lhes isto.

O Inhambupe era o entroncamento. Parada obrigatória na bomba de gasolina do Hotel Rex. Nessa indivisa faixa entre o sertão e o litoral, Nordeste, Leste, Sul, o ônibus para São Paulo ganharia uma estrada que passava por fora de Alagoinhas, mais sete léguas adiante, desviando-o de um último contato com a sua mãe. Levaria o consolo das palavras do diretor do manicômio, o doutor Jonga, seu amigo. Ela agora estava sob os cuidados dele, a única pessoa no mundo que podia ajudá-la, se é que essa possibilidade viesse a se tornar real. Sim, sim, sim, o médico não lhe fora evasivo, complacente, dissimulado, tapeador. Admitiu que poderia fracassar, mas que não negaria esforços em sentido contrário. E o fez como se estivesse descendo até o fundo das fragilidades humanas, das quais a ciência não pode escapar, por não ser capaz de penetrar em todas as suas zonas de sombras.

— A única coisa que posso lhe garantir é que farei por ela como se fosse...

Como se fosse... Como se fosse... Como se fosse... Não iria conseguir completar a frase. E nem era preciso. As reticências delimitavam a beira de um abismo. A mãe do doutor Jonga também havia enlouquecido. Ele era ainda um menino. Acompanhou-lhe em toda a progressão da demência, até a morte. E decidiu dedicar sua vida aos loucos.

Pelo fundo da agulha

— Ainda bem que tenho um amigo como você, Jonga. Meu bom João Carlos, sei que você vai fazer tudo o que puder pela minha mãe como se fosse por mim.

— O juízo da gente é assim como aquela linha fininha, que as costureiras enfiam no fundo de uma agulha. Quando se rompe, fica difícil de fazer remendo — ele disse. — Mas pode ser que sua mãe esteja apenas em estado de choque. Um surto passageiro. Agora, cuide da sua própria cabeça. Você fez o que tinha de ser feito. Pode ir tranqüilo quanto a isso: daqui para a frente, o caso dela é comigo.

Foi-se. Para arrumar a trouxa e partir para bem longe. Contornando loucuras. Trombando com outras, certamente.

11

O motorista ligou o motor e buzinou, no exato momento em que um rapaz vestido de preto vinha correndo. E com os braços levantados, a fazer sinais, loucamente.

— Totonhim! — gritou. — Segura esse ônibus mais um pouco!

Reconheceu de longe o seu primo Pedrinho, que iria chegar a tempo de lhe dizer adeus.

— Leve isto, seu cachorro. Para se lembrar de quando a gente era menino e bestava pelo mato, caçando passarinho. Você foi o pior caçador dessa terra. Nunca acertou no alvo. Mas na escola, foi o melhor.

Era um estilingue. Ou atiradeira. Bodoque. Ali chamado de badogue.

— Ô, Pedrinho! Amanhã, ao raiar do dia, todos os passarinhos que existem neste lugar vão cantar em coro em sua homenagem. Porque a estas horas uns já devem estar avisando para os outros que você não tem mais uma arma para acabar com eles. Que notícia boa para a passarinhada, não é?

— E o que aqueles safadinhos vão cantar para mim, antes que eu bote todos eles numa gaiola ou numa panela?

— A missa. *Introibo ad altare Dei... ei...*

— Vai virar padre, agora, é? Deixa a jega Mimosa saber disso. A jumenta mais querida da rapaziada, que pôs todo macho aqui no bom caminho do barranco, pode morrer de desgosto, deixando um bando de viúvos. Por culpa sua! Do seu latim de sacristão bronheiro, de sacerdote xibungo!

— Olha o respeito, meu camarada. Sou mais velho do que você. E posso te botar de castigo, menino. Vamos, de joelhos aí no chão. E rezando até eu chegar a São Paulo. Assim, ó: *Ad Deum que laetificat juventutem meam. Amém.*

— Xi! O meu primo não podia ir embora sem dizer amém pra mim, não é, seu sacripanta? Mas, e agora? Quem vai ajudar o padre a rezar a missa?

— Você, ora. Por que não?

— Logo eu? Tá doido? Rapaz, não tenho o seu tutano para decorar todas aquelas palavras enroladas, que a gente escuta, acha tudo muito bonito, mas não entende nada. E tem mais uma coisa. O primeiro mandamento do padre vai ser o de me botar no confessionário. Aí vou ter que confessar que já perdi a conta das jegas que comi. Ele vai querer saber onde cometi esse pecado. Para depois me mandar rezar não sei quantos padres-nossos e ave-marias, ajoelha-

Pelo fundo da agulha 103

do, diante do altar, pedindo perdão a Deus, cheio de arrependimento. Ora, Totonhim, tenho lá coragem de mentir para Deus? Quem se arrepende de comer jega que atire a primeira pedra! O pior é que, enquanto fico lá castigando os meus joelhos no cimento em frente do altar, fingindo que estou arrependido, o padre vai sair de fininho para pegar o caminho dos barrancos e me cornear. Entendeu agora por que ele vai querer que eu confesse onde é o barranco dos meus pecados? Aqui pra ele, ó!

Pedrinho desfechou a sua banana na direção da igreja.

— Cuidado. Tem olho de beata nos vigiando. *Virge, Maria! Valei-me, Nossa Senhora! Senhor Deus, misericórdia!*

— Deixa de ser medroso uma vezinha na vida. Brincadeira, primo. Haja coragem para largar um bom emprego, e essas meninas todas, que ficam se babando quando vêem você lá no altar, ajudando no latim do padre, e se arrancar, logo para São Paulo, que acaba mandando todo mundo de volta, para morrer por aqui mesmo. Vai atrás de Inesita, é? Para quem gosta de fêmea de duas pernas, aquela era mesmo de perder o juízo.

O motorista buzinou outra vez. E mais outra. Todos os passageiros já estavam dentro do ônibus.

— Que porra — disse Pedrinho. — Nosso tempo acabou. Mas vou lhe dizer uma última coisa. Não invejo quem vai para São Paulo. Sabe por quê? Lá não tem jega.

— Não esqueça de me mandar uma pelo correio.

Abraçaram-se. Riram. Às gargalhadas. E choraram. Como duas crianças.

Não demoraria muito a sentir outro estremeço em todo o seu corpo. O que era aquilo? A dor de uma separação sem a menor possibilidade de retorno? Enquanto o ônibus avançava lentamente na subida da Ladeira Grande, ele contemplava a vermelhidão do crepúsculo espraiando-se sobre pastos, baixadas, pés de grotas, casas. Viu meninos brincando de cabra-cega, espetando tanajura, pulando num riacho, buscando as sombras das quixabeiras, umbuzeiros, juazeiros, trepando nas árvores — ah, a esplêndida visão dos fundilhos das calcinhas das meninas. Meninos brincando em gangorra até um se estatelar no chão. Pastos cheios de meninos, que nasciam um por ano, em cada casa. E os pais dizendo: "Deus criará todos, todos."

Deus, o mundo, São Paulo — Paraná?

Ouviu o ressonar dos meninos que dormiam com as galinhas para acordar com o canto dos galos. Sentiu o cheiro de homens suados, a enrolar numa palha de milho, sem pressa, um cigarro de fumo de rolo picado, falando baixinho, como se ensaiassem uma cantiga de ninar para o dia que dali a pouco iria dormir. Na verdade, reverenciavam o pôr-do-sol, prenúncio dos espantos da noite. Assim que ela cobria a terra de escuridão, todos lhe davam as costas e corriam para a cozinha, buscando abrigo à luz do fogão. E, sob o crepitar da lenha e o fumegar das panelas, enchiam-se de coragem e passavam a falar alto, a contar causos engraçados, para afugentar o medo das almas do outro mundo.

Até quando aquelas casas guardariam as histórias nelas vividas, vozes, passos, risadas, choradeiras, gemidos, ruí-

Pelo fundo da agulha 105

dos, sonhos? Todas levantadas, dos alicerces à festa da cumeeira, em alegres mutirões, que reuniam vizinhos de pastos e compadres que vinham de longe, pela cachaça, o leitão ou o carneiro assado, muita farofa e cantoria, e a honra, o orgulho, a satisfação de contribuir para a união de um homem e uma mulher sob um mesmo teto, dentro do ninho da procriação. Assim todas foram construídas: para os que iam se casar. Não, poetas: aquelas casas não eram templos sem religião. Acordava-se nelas ao raiar do dia, para rezar a ladainha. Todos os seus moradores se benziam antes das refeições. E faziam suas orações também antes de dormir. Algumas tinham um quarto dos santos, com um oratório iluminado pela tênue luz de uma lamparina.

Viu as lapinhas de todos os dezembros, nas salas de visitas. Eram as réplicas da gruta sagrada, onde nascera o menino Jesus, feitas de galhos de árvores enfiados em pedras, jericó — uma planta prateada que seca sem morrer —, e gravatá, ao fundo de uma planície de areia, repleta de boizinhos de barro, rios de cerâmica com peixinhos vivos, e os reis magos em seus cavalos, tudo tão simplezinho quanto no tempo de Nosso Senhor.

Sentiu o perfume de suas flores, nas horas das avemarias.

Por quantos anos mais os esteios e paredes daquelas casas se manteriam de pé? Nascera numa delas, de fundos para o Nascente, rodeada de árvores frutíferas, quintal de flores, verduras, abóboras, bananeiras. E com um avarandado para o poente. Para os crepúsculos mais longos e mais silenciosos do mundo.

Agora via um menino saindo de lá e pegando um caminho que chegava a uma cancela. Era uma manhã ensolarada, igual a muitas outras. Ao passar de um pasto para outro, ele, o menino, se deparou com uma explosão de tomates, estonteantes ao sol, tão vermelhos que pareciam enfeites para um presépio. Achou aquilo um belo espetáculo. E muito estranho. Sabia que ali ninguém se dava ao trabalho de plantar tomates, que não eram lá muito valorizados na feira ou à mesa. Como nasceram, como brotaram tantos assim, tão de repente? Extasiado com a novidade, pegou um e o apalpou, acariciando-o. Macio e quentinho como o seio de uma mocinha, imaginou. E o levou à boca. Comeu outro. E mais outro. Ao se saciar, lembrou-se de que havia bebido leite naquela manhã. Entrou em pânico. A mistura seria fatal.

Correu de volta para casa e se recolheu numa cama, a olhar para as paredes, o teto, as pessoas, se perguntando quantas horas de vida ainda teria. Tomate com leite era veneno, os mais velhos não viviam dizendo isso? Seu recolhimento provocou indagações. Falatório. Preocupações. O que ele tinha? Estava doente? Não, não sentia nada de ruim, nenhuma dor de cabeça, nem de barriga. Só queria ficar deitado, assuntando as pessoas, os objetos, a claridade, as sombras, as vozes, os mínimos movimentos, todos os sons de gente, pássaros e bichos, atento a cada instante que ia passando, à espera do último, como se estivesse dizendo adeus ao mundo, antes de seus olhos se fecharem para sempre.

Pelo fundo da agulha 107

Em todo aquele dia, se recusaria a comer e a dar explicações sobre os motivos que o levaram a estar tão misterioso. Mas aceitou sem resistência os chás que lhe davam, de tempos em tempos: de erva-cidreira, de casca de laranja, de erva-doce. O efeito dessas ingestões contínuas começaria em forma de bocejos, prenunciadores do sono. Adormeceu pensando que assim era melhor, porque assim morreria sem sentir dor.

Sonhou com um bezerro vermelho, cheio de galhos de tomateiro nas extremidades da cabeça, onde lhe nasceriam os chifres. A mesma transformação havia acontecido nas suas orelhas e no rabo. E mais: o lugar do cupim, no meio do lombo, tinha sido ocupado por um tomatão, do tamanho de uma abóbora. O pior de tudo: enquanto balançava a cabeça e se sacudia tentando livrar-se da vegetação que vicejava em seu corpo, o bezerro falava:

— Eu também comi tomate — disse. — Está vendo o que me aconteceu? Pode ir pondo as suas barbas de molho.

— Mas eu ainda não tenho barba.

— Maneira de dizer. Eu também ainda não tinha chifres. Nós dois fizemos uma burrada. O meu castigo já veio. O seu já pode estar a caminho.

— Vire essa boca pra lá. Mas olhe. Você ficou muito engraçado, assim, metade animal, metade vegetal. Vai causar o maior fuzuê, no bumba-meu-boi do próximo dia de Reis.

— Chega de lero-lero. E trate de retirar logo essas folhas da minha cara e do meu rabo. Se não, vou contar para a sua mãe o que você fez.

— Deixa de ser fuxiqueiro, seu filho de uma vaca!

108   Antônio Torres

— Não meta a minha mãe no meio, porque aí é que vou contar mesmo tudo para a sua! A não ser que você faça uma mandinga para eu voltar a ser como era. Agora!

— É pra já.

O menino pegou três galhos de arruda. Balançou-os na cara do bezerro em forma de cruz, dizendo:

— Com dois te botaram, com três eu te tiro, com perna de grilo, que vem do retiro. É de metetéia, é de manenanha, que esse bezerrinho volte a ser como antes, de hoje para amanhã. Ziriguidum, mi-zi-fi! Axé!

— Muuuuuuu!

Acordou. Foi como despertar de um pesadelo. Achou que as horas para morrer já haviam passado. No entanto, iria guardar o seu segredo. Não contaria a ninguém, jamais, que havia comido tomate, depois de ter bebido leite, para não ser duramente recriminado.

Os irmãos:

— Podia ter morrido, seu maluquinho. Como é, mãe? Não vai dar uma surra nele, para nunca mais fazer uma coisa dessas?

O pai:

— Deixem esse menino em paz. Ele fez uma besteira, mas já pagou pelo malfeito. Já sofreu demais. Pronto. Não se fala mais nisso.

A mãe:

— Por essa vez, passa, seu Totonhim. Mas fique sabendo que salvei você com os meus chás e as minhas orações para Nossa Senhora do Amparo. Foi graças a isso que você não morreu.

Pelo fundo da agulha   109

Agora, já não vendo mais nada que seus olhos pudessem guardar de lembrança, se perguntava se chás e rezas salvariam o juízo da sua mãe.

Anoitecia. Lá se fora a Ladeira Grande. Adeus, Junco.

Junco: assim se divulgava o nome daquele lugar, que o ônibus ia deixando para trás. Cada vez mais.

12

Daí para a frente era só se deixar ser levado. Arrastar-se de um ônibus para outro e do outro para o infinito. Contar as horas que faltavam para chegar. Soltar os pensamentos na estrada. As memórias das primeiras viagens, a pé, para visitar parentes de muito longe, andando em caravana, entre um bando de meninos, e seguindo a mãe e as tias, pelas veredas de tabuleiros que cheiravam a alecrim, murta e murici, aqui e ali dando um beliscão safadinho na coxa de uma priminha. Ou na garupa de um cavalo, com os braços enlaçados no cavaleiro, o senhor seu pai. Ou num carro de bois, vagaroso, gemedor. Um dia inteiro de jornada, nas sete léguas do caminho de Inhambupe, onde veria, pela primeira vez, as luzes de uma cidade, que lhe provocariam um impacto jamais igualado. Agora venciase esse percurso em menos de uma hora. Sem cheiro de mato e medo de onça. As cruzes à beira da estrada sinalizavam um outro medo: de um desastre. Rezar para São Cristóvão, o padroeiro dos motoristas. Fechar os olhos e tentar dormir. Sonhar.

E assim se foi, de uma vez para sempre.

Não aconteceu nada de mais. Nada além dos sustos nas ultrapassagens. Chegou numa manhã de chuva. Achou isso previsível.

O que não era: a gentileza da mulher que ia passando debaixo de um guarda-chuva. Ao vê-lo de pé, e de maleta à mão, sob uma marquise, logo à saída da rodoviária, deu-lhe um braço, como se fosse uma tia, uma prima, uma amiga, uma namorada. E o arrastou por um novo caminho de formigas. A calçada da primeira rua paulistana em que pisava.

— Você está chegando de onde? — perguntou-lhe a boa fada, ao andar, desviando-se das poças de água. Riu para ela, que também riu, à espera da resposta, que demorou um pouco a vir, porque ele estava com o pensamento longe dali. Outra vez, uma memória. Pipocando com a rapidez do relâmpago que acabava de clarear o estrondo de um trovão: a dos homens que vestiam terno branco e rolavam na lama, nos dias de trovoada, depois de uma longa estiagem. Sentiu-se batizado pelo Deus das tempestades, sob as bênçãos de uma madrinha, surgida ao balançar de um condão, o cabo do seu guarda-chuva. Não contava com essa extraordinária recepção. Admirou-se. Esperava que nos primeiros momentos a cidade se revelasse fria, estranha, ameaçadora.

Pelo fundo da agulha **113**

Outra memória. Desta vez era a do irmão que veio, ficou vinte anos, e um dia voltou para lhe contar a seguinte história:

"Eu ia correndo para o ponto final do ônibus, quando eles gritaram: 'Pega, ladrão!' Não ouvi. E se tivesse ouvido nunca iria imaginar que era comigo que estavam gritando. Continuei correndo e eles voltaram a gritar: 'Pega, ladrão!' Me desviei de carros, atropelei pessoas, me bati contra os postes, sempre correndo. Eu não podia deixar que aquele ônibus partisse ali daquela praça que se chamava Clóvis, sem que eu primeiro visse, com os meus próprios olhos, se a mulher e as duas crianças que estavam na fila eram quem eu estava pensando. 'Pega, ladrão!' Este grito eu ouvi, porque foi bem perto. E pensei: 'Roubaram um comerciante e aquele ônibus está roubando a minha mulher e os meus dois filhos.' Forcei as canelas, avancei mais uns passos, mas já não adiantava. O ônibus partiu. E eu parei, botando as tripas pela boca, uma dor imensa no coração. Fui agarrado.

"Eles me agarraram pelas orelhas e pelo pescoço e bateram a minha cabeça no meio-fio da calçada. Berrei. Que meu berro enchesse a rua deserta, subisse pelas paredes dos edifícios, entrasse nos apartamentos, despertasse os homens, as mulheres e as crianças, rachasse as nuvens pesadas e negras da cidade de São Paulo e fosse infernizar o sono de Deus: — Socorro. Estão me matando".

Comparado com isso, ele até que poderia achar que estava adentrando o melhor dos mundos.

Disse de onde vinha à alma caridosa que o guiava na chuva. E ouviu interjeições. E mais perguntas. Se não esta-

114 **Antônio Torres**

va morrendo de sono e cansaço. Para onde ia — rua, bairro... Não, não sabia. Ainda não. Não trazia nenhum endereço de parente ou lá de quem fosse. (Poderia dizer-lhe o que sabia. Mas não disse. Que se fosse a um subúrbio chamado São Miguel Paulista encontraria metade ou mais do povo da sua terra. E ali teria lugar para ficar. Só que não era isso o que queria, assim de entrada. Preferia um lugar-zinho qualquer, uma pensão, um hotel barato, um quarto numa casa de cômodos ou num apartamento, uma repú-blica de estudantes...)

Disso ele falou. Que gostaria de pousar no centro da cidade. O centro era por ali mesmo, ela disse. E pergun-tou-lhe a idade, espantando-se com a resposta:

— O quê?! Vinte anos? Mas tem cara de quem ainda precisa mostrar a carteira de identidade para entrar em fil-me proibido para menores.

Ela tinha trinta. Uma balzaquiana!

— Estou com cara de quem já fez tantos?

Ele devolveu-lhe a história da carteira para entrar no cinema. E, pelo sorriso que se desmanchou diante dos seus olhos, percebeu que tinha agido como um cavalheiro.

— Conversa boa — ela disse. — Até fez a chuva parar.

Já não precisavam ficar de braços dados, bem jun-tinhos, debaixo do guarda-chuva. Ela o fechou. E disse-lhe que não dava mais para continuar andando a pé. Podia se atrasar para a batida do cartão de ponto, numa loja de de-partamentos, a mais famosa da cidade. Chamava-se Map-pin. Era enorme e muito bonita. Parecia sentir uma pontinha de orgulho por trabalhar lá, "quase no começo do Viaduto do Chá". Um cartão-postal paulistano, ele sabia. Ali perto havia um hotelzinho de boa aparência, e que não devia ser caro, ela disse. Entraram num ônibus. Desceriam no mesmo ponto, onde a sua estrela-guia — uma estrela da manhã —, iria mostrar-lhe a escada da Ladeira da Memória. O hotel ficava logo no final da descida.

Ele encaminhou-se na direção indicada. Ladeira da Memória! Um nome para jamais ser esquecido. Parou antes de avançar o passo pela escada abaixo. Voltou-se. E acenou. Para reafirmar os seus agradecimentos por tanta delicadeza.

— Ei, ei! — gritou. — Qual é o seu nome?

Deu-se conta de que gritava em vão. Em questão de segundos, ou de um minuto, talvez, ela passara a ser apenas um par de pernas indistinguíveis. Um corpo a mais entre tantos outros em movimento.

Ah, mulher, tu que criaste o amor. Aqui estou eu, tão só, na imensa rua, adeus.

Ficaria a lembrança dela como o primeiro símbolo da cidade. Gentil. E cheia de pressa.

— Corra, moça. Corra. Tomara que você não se atrase um só minuto para a batida do seu cartão de ponto.

Agora, sim. Agora ele acabava de chegar.

Foi o que se disse, ao instalar-se num quarto de duas camas, uma já ocupada por outro hóspede, com o qual trocou umas três palavras, antes de dirigir-se ao banheiro, que ficava ao fundo de um corredor, de tomar um longo banho, de trocar a roupa malcheirosa por algo condizente com o seu esqueleto bem lavado, e deixá-lo desabar nas brumas do sono, depois de um cuidado especial, o de trancar a maleta. Afinal, ainda não sabia se podia confiar no seu vizinho de cama, embora já soubesse tratar-se de um bancário, que tinha as manhãs livres, pois o seu turno de trabalho começava ao meio-dia. "Pessoa de fino trato", garantira-lhe o gerente do hotel.

Ficar num quarto junto com outro significava ocupar a única vaga disponível naquele hotelzinho, naquele dia. Mas tinha a vantagem de baratear a hospedagem. Antecipou o pagamento correspondente a uma semana, e foi conduzido por um lance de escada até o seu aposento. Um toque na porta e ela se abriu. O gerente encarregou-se de fazer os esclarecimentos ao ocupante mais antigo do quarto, que aceitou o fato consumado sem objeção. Nem entusiasmo. Sabia que a qualquer momento poderia ter seu espaço invadido. Ele também viera de longe — da Amazônia. Quer dizer, de mais longe ainda. Será que ele, o amazonense, sabia qual era a distância do Oiapoque ao Chuí? Em quantos dias teria feito o seu caminho? Com certeza iam ter muito o que conversar.

Não assim, instantaneamente. Eram nove horas naquele primeiro dia. E tudo o que ele, o recém-chegado, queria era dormir. Ao pé da Ladeira da Memória. Antes de cair no sono até dizer chega, notou que o outro tinha um rádio, uma pequena estante cheia de livros, e uma escrivaninha, diante da qual estava sentado, estudando. Estaria numa universidade? Pensou que era isso o que também queria: um emprego com um horário que lhe permitisse estudar. Para começar, se sentia em boa companhia. Apa-

Pelo fundo da agulha **117**

gou. E sonhou com uma mulher que lhe estendia a mão e, quando ele ia tocá-la, uma multidão de passantes se interpunha entre os dois, formando uma cerca humana que os isolava, impedindo que se vissem, rosto a rosto. Ele ouvia apenas uma voz, que lhe dizia:

— Liga para mim, liga!

— Mas qual é o número do seu telefone? E como você se chama?

— O quê? Não ouvi o que você disse.

— Aqui não dá para a gente conversar. Podemos nos encontrar em outro lugar, mais calmo?

— Continuo não entendendo o que você diz. Parece que não falamos a mesma língua. Vamos falar em inglês, como no cinema?

— Eu só sei dizer *I love you.* Mas podemos falar em latim. *Rosa, rosae, rosarum.* Você sabe as declinações em latim?

— O que foi que você disse?

— Que você merece flores. Rosas vermelhas, as do bem-querer.

— Hein? Está entendendo o que digo? Você precisa aprender inglês.

— Ai lóvi iú, beibe.

13

O dia seguinte seria dedicado à arte de recortar anúncios de emprego nos cadernos de classificados, descartando toda a procura de mão-de-obra especializada. Torneiro mecânico, pedreiro, carpinteiro, funileiro, contador, oficial disso e daquilo, engenheiro. Não demorou muito a conseguir uma ocupação: vendedor de enciclopédias. E lá se foi, de porta em porta, numa cidade ainda longe de se trancar a sete chaves, quando rapazes engravatados e com uma pasta debaixo do braço eram apenas pessoas tentando ganhar o seu sustento e não um inimigo público ou privado. Na primeira em que bateu, teve a grata surpresa de ser atendido prontamente por uma mulher que acabava de sair do banho, metida num roupão. Mirou-o de cima a baixo.

120   *Antônio Torres*

— Entre — ela disse. E o convidou a sentar-se num sofá, ao seu lado. Ele abriu a sua pasta e começou a retirar dela o material de apresentação da coleção de livros, para dar início ao seu primeiro teste de vendedor, no qual não podia fracassar. Dependia de uma primeira venda para chegar à segunda, e à terceira, e por aí afora, de moral elevado, sentindo-se cada vez mais seguro em seus argumentos, convincente na demonstração do produto, ardiloso no estímulo das compras por impulso, ali, na hora, como o pescador que joga a isca, fisga o peixe e o puxa rapidamente, sem vacilações, zás, não dando tempo da presa escapulir, pondo a perder todo o seu esforço.

Foi mais ou menos isso o que lhe haviam ensinado no departamento comercial da editora das enciclopédias. E de repente era como se tivesse esquecido os ensinamentos, ao sentar-se naquele sofá, em uma sala soturna, apinhada de móveis escuros, pesadões, e com jornais empilhados num canto e revistas atulhando uma cesta de couro marrom, bem envelhecida, flores artificiais num vaso sobre uma mesinha de centro, um telefone preto numa estante igualmente sombria, cujos livros exibiam lombadas já carcomidas pelas traças e uma fotografia emoldurada de um casal que parecia muito feliz no dia em que posaram para aquela foto. O rapaz achou que o seu catálogo, cheio de ilustrações, tinha muito mais cor do que ele estava vendo ali, de relance.

— Então, meu bem, por que você acha que eu preciso de uma enciclopédia?

Pelo fundo da agulha 121

Ele mostrou-lhe o catálogo.

— Porque está faltando isso na sua estante — respondeu, timidamente, quase a gaguejar. Sentiu-se canhestro. Ridículo. Um perfeito idiota.

— Vou comprar — ela disse. E levantou-se para pegar um talão de cheques.

Voltou trazendo também uma caneta. Sentou-se no mesmo lugar de antes. Apoiou o talão na pasta do vendedor, inclinando-se para preencher o cheque, sem se preocupar em fechar o roupão, que aos poucos ia se soltando, deixando visíveis a covinha e os relevos dos seus seios. Ela assinou o cheque e entregou-lhe, cruzando as pernas e alisando-lhe a mão. Então ele viu: a sua generosa primeira compradora estava sem calcinhas. E os seus pêlos pubianos eram bem aparadinhos, deixando à mostra uma vulva exuberante, de lábios carnudos. Retribuiu o agrado.

Foi o bastante para que ela começasse a desfazer o nó da sua gravata, passando depois a desabotoar-lhe a camisa, calmamente, ao mesmo tempo que levava os seus dedos a tatear por um peito cabeludo e a boca a encontrar outra boca, voluptuosamente, mantendo as mãos a ocupar-se em livrá-lo dos sapatos, meias, calças, cueca. Movimentou os ombros para o seu roupão cair. Ele nem teve tempo de admirar os contornos daquele corpo maduro, antes de degustá-lo, pois já estava sendo puxado pelos cabelos para enfiar-se de cara numa gruta mágica, no sopé de uma montanha encantada, a poucos palmos do céu. *Gloria in*

122 Antônio Torres

excelsis Dei... Macho e fêmea *Ele* os criou. Assim estava escrito, no livro dos livros.

Ao fim da escalada, rolou para baixo, estirou-se no chão e dormiu. Quando acordou, já era noite. Apressou-se em pegar a roupa e vestir-se, tateando na penumbra. Tropeçou em uma cadeira e gemeu.

— Fique comigo mais um pouquinho — ela disse, estendendo-lhe a mão, para que ele a ajudasse a levantar-se do sofá. — Vou fazer um jantarzinho para nós dois.

Ficou. Estava mesmo com fome. Ainda não sabia que só sairia daquele apartamento no dia seguinte. Esgotado. Mas de alma lavada.

E foi bater em outra porta. Um senhor o atendeu. Com a paciência de um avô, perguntou-lhe:

— Meu jovem, qual dos meus inimigos lhe deu o meu endereço?

— Nenhum. Toquei em sua casa por acaso. Quase não conheço ninguém nesta cidade. Por isso vou arriscando a sorte, de porta em porta.

Contou a sua situação de recém-chegado, de muito longe. Trinta e seis horas de estrada. Ainda estava à espera de uma melhor oportunidade de trabalho. Não tinha parentes que lhe ajudassem, nem amigos que o orientassem.

— Mas por que o senhor achou que eu vim a mando de um inimigo seu?

— Então não sabe? Para os vendedores de enciclopédias, só damos os endereços dos nossos piores inimigos. Para que eles encham bem o saco dos filhos-da-puta que um dia nos sacanearam. Quer um conselho? Largue esse

Pelo fundo da agulha **123**

serviço de gente chata. Procure um emprego com mais futuro.

Encerrou ali mesmo a sua carreira de aprendiz de chato. Voltou à editora. O encarregado comercial da sua área balançou a cabeça, dizendo:

— Que beleza! Uma única venda em dois dias! Com um vendedor com tanta garra, vou ficar milionário.

Junto com a pasta dos prospectos, talão de pedidos etc., devolveu-lhe também a ironia:

— Obrigado pelo incentivo. Como não pretendo arruiná-lo, desisto deste negócio agora mesmo.

Aguardou o pagamento da sua comissão, meteu o dinheiro no bolso e foi embora. Não era o caso de maldizer a vida, pensou. Afinal, a sua primeira experiência reservara-lhe uma grata surpresa, da qual não iria esquecer. E estava apenas começando, na cidade que ofereceria oportunidades infinitas para quem quisesse trabalhar. Não havia sido isso o que lhe dissera o senhor seu conselheiro, ao despedir-se, apertando-lhe a mão e pedindo licença para fechar a porta?

A do seu quarto de hotel estava aberta. Ouviu os apoteóticos acordes de *O guarani*, de Carlos Gomes, vindos do rádio do amazonense. Isto significava que o programa *A voz do Brasil* estava começando. Em Brasília, a capital federal, eram 19 horas.

Entrou.

— Que sumiço foi esse? Pensei que você tinha se perdido, sem acertar o caminho de volta.

Surpreendeu-se com essa observação. Então já havia alguém ali que se preocupava com ele? Passo a passo, um clichê ia se quebrando sob os seus pés. O da indiferença da cidade que não podia parar e por isso não tinha tempo para prestar atenção em ninguém.

— Calma, não aconteceu nada de ruim. Aceita o convite para uma cervejinha? Aí eu conto como é que foi a minha primeira aventura em São Paulo.

— Só se for um chopes e dois pastel — disse o outro, achando graça de sua própria piada. Em seguida, explicou: era assim que paulista falava. Pondo plural onde não tinha, e singular quando devia ser plural.

Saíram. E subiram as escadas da Ladeira da Memória. Conversando animadamente. Cada qual interpondo à conversa uma palavra ou outra, um modo de falar, que prefiguravam a diferença de suas origens. Como quando o amazonense disse:

— Não sejas leso.

Pelo contexto — para o outro, que entendia *leso* como lerdo, lento — ele queria dizer *bobo, tolo, boboca, otário*. Então pensou que não dava para estranhar os esses a mais ou a menos dos paulistas. No final das contas, todos acabavam se entendendo. Havia tido uma prova disso, com a primeira pessoa com quem havia falado na cidade, aquela que lhe dera uma carona de guarda-chuva. Ela não debochou do seu sotaque, não lhe gozou por uma ou outra palavra que lhe soasse estranha, enfim, não *mangou* dele, *não mangou d'eu,* como diria o próprio que não se sentiu *mangado*. Ele também não teria por que de-

Pelo fundo da agulha   **125**

bochar dos *esses* e *erres* dela, os *sis* e *rês* da sua terra, que faziam a fala paulista parecer uma língua estrangeira. E vice-versa.

Outra coisa: mesmo os viajantes mais deslumbrados com São Paulo costumavam queixar-se de que ali ninguém sabia dar uma informação — nome de rua, direção a tomar, como achar um endereço. Não por má vontade ou grosseria, mas pela pressa, pela alta tensão das passadas dos transeuntes. No entanto, logo ao chegar encontrara quem praticamente o levara até a cama. Em pouquíssimos dias, eram essas as suas experiências acumuladas.

Passaram ao lado de um belo prédio. Era o de uma biblioteca pública municipal. Chamava-se Mário de Andrade, o autor de *Paulicéia desvairada*. O recém-chegado anotou mentalmente: "Ler Mário de Andrade." E Oswald, também de Andrade. Dos paulistas, só havia lido Menotti del Picchia e Cassiano Ricardo, poetas mais conhecidos pelo país afora. No entanto, o que a visão da biblioteca trazia-lhe à memória eram dois versos de um espanhol chamado Federico García Lorca: *Buscaba el amanecer/ y el amanecer no era*. Seria essa lembrança uma premonição? Não iria encontrar em São Paulo o que buscava? E o que viera buscar? Precisava dizer? Trabalho, ora! Outra anotação mental: "Passar a freqüentar aquela biblioteca."

Chegaram a um bar no outro lado da praça, que se chamava Dom José Gaspar. Mesas na calçada, sob uma marquise. Ao lado, a Galeria Metrópole, bem movimentada e fazendo esquina com a chiquíssima avenida São Luís. Em sentido contrário, a trepidante rua 7 de Abril. Em frente, frondosas árvores, circundando os fundos da biblioteca. Esticando-se os olhos, avistava-se o imponente edifício do jornal O Estado de S. Paulo, de leitura obrigatória para quem andava à procura de emprego. Era gordo o seu caderno de classificados. Já vinha lançando a sua sorte em pequenos recortes dele. Como quem joga dados.

Entre um chope e outro, o balanço dos ganhos e perdas do ex-vendedor de enciclopédias de carreira meteórica. Uma cartada magistral na primeira batida de porta. No final das contas, o naufrágio.

— Você precisava ter visto a cara daquele velho, ao me aconselhar que largasse esse serviço, para o bem de todos e felicidade geral da nação. Ele me reduziu a nitrato de pó de cocô de cavalo de bandido. Mas confesso que fez isso num tom tão paternal que quase me levou às lágrimas. Sei lá. Por trás de sua aparente frieza, as pessoas daqui não me parecem ruins.

Análise conjuntural da situação. Busca de trajetos a percorrer. Em que outras portas bater? Uma pergunta estalou à mesa, lançada por um novo Colombo, que não era um senhor dos mares, mas vinha de um mundo de florestas e rios:

— Sabe datilografia?

Era até diplomado nisso. E havia concluído o curso secundário.

— Como se saiu em matemática?

Pelo fundo da agulha **127**

Nunca ficara em segunda época. Às vezes passava raspando, mas passava. Não tão bem quanto em português, história, geografia.

— Meio caminho andado — disse-lhe aquele que, depois do terceiro copo já parecia um amigo de infância. E dos mais perspicazes. Num relance, havia percebido que ele, o baiano, havia trazido dentro da sua maleta mais livros do que roupa.

— Você não veio da Bahia, mas se acostume, todos aqui vão dizer que você é do Norte, pois sabem pouco de geografia; esta cidade é muita voltada para o seu próprio umbigo de locomotiva da nação, e já fez até uma revolução, para se separar do resto do país... pois, como eu ia dizendo, você não viajou trinta e seis horas para ser pedreiro, carpinteiro ou torneiro mecânico, não é? E não tem cara-de-pau e lábia bastante para se tornar um vendedor. O que fazia em sua terra?

Abreviou o currículo: escrivão das queixas e reivindicações dos analfabetos, que ele mesmo submetia à apreciação do prefeito, ajudando-o na avaliação de cada caso. Desavenças entre roceiros, por exemplo. As mais comuns eram as das cercas, quando um invadia o pasto do outro, um palmo que fosse. Havia o risco de isso ser resolvido à bala. Ou na foice, no facão, no machado, no punhal. Valentias tocaiadas. Encrencas à parte, tinha muito tempo para ler. Talvez nunca mais voltasse a ter tanto.

Um sorriso maroto do outro antecedeu à explosão da bomba que ele ia detonar:

— E mulher?

Essa pergunta pedia mais um chope. Não, não havia sido uma dor de corno que o fizera ir embora, se era isto o que ele queria saber, embora um amor contrariado fizesse parte de sua história. Mas... Contou do suicídio do irmão, seu hóspede, que regressara de São Paulo, com toda pinta de quem tinha se dado bem. Parecia um monumento a ser posto na Ladeira Grande, à margem da estrada para o Sul. Ele chegou lá de terno e gravata, segurando uma mala que se imaginava muito pesada.

O povo alvoroçou-se. Queria ver a cor do dinheiro que estava dentro dela. Ele, o seu irmão, atravessou a praça segurando a alça com firmeza, ludibriando a todos, ou iludindo a si mesmo, ao distribuir sorrisos aos que acorreram para contemplá-lo: sua boca estava cheia de dentes de ouro. Mas ele, o inventariante de tamanha fortuna, não arrancou-lhe a dentuça dourada para vendê-la mais adiante, como qualquer maninho de olho grande, em tais circunstâncias, poderia ter feito. Recomendou que o irmão fosse enterrado com todos os seus pertences, que afinal se resumiam ao que portava no corpo. E mais dois acessórios: a tal mala e um rádio de pilha.

Agora cá estava. Sim, com meio caminho andado, entre o passado e o futuro. Ainda não avistara o sinal verde franqueando-lhe a passagem, no viaduto entre os dois tempos. Trouxera algum dinheiro para se agüentar durante uns meses. Sabia que tinha que tomar cuidado, para não descobrir que havia perdido a viagem quando não lhe restasse mais um centavo. Assim não poderia sequer comprar uma passagem de volta.

Pelo fundo da agulha 129

Então o amazonense falou-lhe de um concurso do Banco do Brasil, dali a dois meses. Mais de cinqüenta vagas. Ele vinha se preparando para fazê-lo. Se passasse, teria muito mais futuro do que no seu emprego, num banco privado, onde ganhava um salário mínimo, como escriturário. E estava namorando firme uma garota e queria se casar com ela. Deixar aquele hotel, alugar um apartamento, ir em frente.

— Vamos nessa? Neste país, para quem veio de baixo, só existem quatro possibilidades de se fazer uma carreira segura: Forças Armadas, Igreja, Petrobras e Banco do Brasil. Fora isso, só tendo cacife para entrar na vida política ou dar o golpe do baú, ou ficar dando cabeçada, dependendo da sorte. Mas não nos esqueçamos que estamos numa ditadura militar. Agora, as Forças Armadas só seduzem os que têm vocação para torturador. O quê? Estou exagerando? Exagero ou não, o fato é que o militarismo hoje assusta. E fardados estão sujeitos aos confrontos com os que estão na luta armada, que eles chamam de terroristas. Está por dentro? Mas que coisa. Por que estou lhe dizendo isto? Você não tem cara de quem veio aqui para se enfiar numa caserna. Vou lhe passar umas cópias das apostilas para o concurso do Banco do Brasil. É pegar ou largar. Quantos salários mínimos você trouxe?

— Uns oito ou dez.

— Tranqüilo. Se você não sair por aí gastando à toa, dá e sobra para os dois meses até o concurso, mais o tempo de espera da nomeação, que pode ser rápida, dependendo da sua classificação. Se eu tenho a vantagem de já trabalhar num banco, você tem a de mais tempo para estudar.

Tintim.

Saudaram o plano estratégico com uma saideira. Daí para a frente era só seguir a marcha, com disciplina militar: trabalho e estudo, para um; estudo e estudo, para o outro, que no dia seguinte procuraria um curso preparatório. E também entraria num de datilografia, para ficar bem ágil nas teclas. Essa era uma das provas do Banco do Brasil que mais derrubavam os candidatos, disse o amazonense, que se chamava Ubiratan.

— Mas pode me chamar de Bira.

— Na minha terra ninguém me chama de Antão. Lá eu sou Totonhim, ou Totonhiozinho, o filho do velho Antão, que é conhecido como Totonho.

— Aqui vão lhe chamar de Tão. Ou Antãozão. São Paulo adora um apelidão. Diminutivo é coisa de carioca, mineiro e baiano.

Descendo a Ladeira da Memória: o bar tinha um nome curto, fácil de lembrar. Leco.

Agora ele avistava um sinal amarelo. Esperar. Mas atenção! Olho vivo nos semáforos. Cuidado para não se afobar e ser atropelado. Como entrar na cidade e integrar-se nela? Com a ajuda de um, uma mão de outro e empurrões da sorte. E prestando muita atenção aos seus sinais. Avante, camarada!

Pelo fundo da agulha 131

O amazonense passou em primeiro lugar.

O outro ficou em terceiro, por uns pontinhos a menos em matemática. Ainda assim, a classificação foi considerada excelente. Esperou apenas um mês para ser chamado.

14

(Dois anos depois da chegada a São Paulo.)

No sinal verde, o rosto daquela que se chamava Inês, Inesinha, Inesita ou simplesmente I, se fundiria com um outro:

— Meu nome é Ana.

Ana, Aninha, Anita.

Eis aí quem o faria esquecer definitivamente a sua bonequinha de milho, loura até num de seus sobrenomes — Vandeck —, a lembrar uma ascendência holandesa de priscas eras. Ao contrário da garotinha que o iniciara na vida amorosa ("Vamos botar o passarinho para brincar? Aqui, ó, na porta da minha gaiolinha"), aquela outra, chamada Ana, tinha cabelos castanhos. Também era bonita. Muito bonita. Viu-a assim: simplesmente linda. Rendeu-se aos seus encantos evidentes — olhos, rosto, boca, nariz, mãos, pernas —, à primeira vista, e sublimou os invisíveis, ou não inteiramente à mostra — coxas, seios, ancas, pés — numa rápida seqüência de efeitos libidinosos.

Devia até estar exagerando. Já havia bebido um pouco, sob os eflúvios do consentimento social que a ocasião permitia. A comemoração do casamento de um colega seu de trabalho. No Banco do Brasil. Aquele mesmo Ubiratan, o grande Bira do episódio anterior a este, agora na condição de seu mais antigo e inseparável amigo, justamente o que, num relance, atirava-lhe uma piscadela, acendendo-lhe um luminoso "Siga". Seguiria. Deixando-se levar pelo ritmo da música que ressoou em todos os ouvidos como um convite à formação de pares, a exemplo dos noivos, já enlaçados ao centro do salão, rostos colados, inebriados: "Se você quer ser minha namorada, ai que linda namorada, você poderia ser..."

— Dança comigo?

Entre as emanações etílicas e os reflexos dos olhos daquela beldade, havia algo mais que o fazia sentir-se acima do normal: o seu olhar provinciano. Mas sabia. Se a acompanhasse ao final daquela festa, nem que fosse apenas para oferecer-lhe companhia na volta para casa — ainda que na condição de cão de guarda, ordenança, preceptor —, deixaria para trás um rastro de corações partidos.

— Por que não? — ela disse, com uma graça que realçava ainda mais a sua juventude e beleza. Delicadamente, tomou-a entre os braços, sentindo-se como se estivesse a viver o melhor dos seus sonhos. Até àquela noite, havia trilhado um longo e tortuoso caminho em busca de um

Pelo fundo da agulha 135

aconchego feminino. Ora em pistas profissionais, onde o tempo de uma dança era picotado em cartões a serem apresentados no caixa, à saída. Ora entre as luzes mortíferas dos inferninhos da zona boêmia e as camas de hotéis baratos.

Numa noite enevoada, em que zanzava por um subúrbio tentando encontrar uns parentes que não via desde a infância, e na esperança de localizar os filhos do seu malfadado irmão Nelo, acabou achando o que não procurava. A moça em frente a um portão, na praça em que descera do ônibus, não conhecia nenhuma das pessoas que ele estava procurando. Mesmo assim, ofereceu-se gentilmente para levá-lo a umas casas do outro lado da linha ferroviária. Talvez algumas delas morassem ali.

Andaram por um terreno baldio, atravessando um vale escuro. De repente ela lhe deu a mão, desviando-se do caminho e puxando-o na direção de um terreno baldio. Teria caído numa cilada? Estaria a tal moça conduzindo-o a um reduto de ladrões? Ou seria ela própria que iria roubá-lo? Perguntou-lhe sobre o que estava fazendo.

— Acho que você vai gostar — respondeu. E mais não disse, fazendo-se de enigmática.

Logo desvendaria o mistério. Foi quando a moça parou, virou-se de frente para ele e abriu a capa de chuva com que estava vestida, sem nada embaixo.

— Gostou? — disse, afastando a frente da capa, para que ele visse o seu corpo fogoso. Fez mais. Pegou as suas mãos e levou-as aos seus seios. Ela se arrepiou logo aos primeiros toques. E rapidamente ajudou-o a desabotoar-se.

Desnudou-se completamente e ajeitou a capa sobre a relva. Deitou-se, dizendo:

— Vem!

E precisava de convite?

Retornaram pisando às claras. Um trem passava devagar, iluminando o vale. Ela apontou para o outro lado:

— Olha as casas lá! Estão todas com as luzes apagadas. Está vendo? As pessoas que íamos procurar já devem estar dormindo. Ou saíram. Mas me lembrei de uma coisa.

Voltaram à praça e caminharam até a delegacia de polícia. Idéia dela. Lá havia alguém que com certeza poderia ajudá-lo a encontrar algum dos seus conterrâneos. Era o escrivão.

— Ele é baiano. E aqui todos os baianos se conhecem.

Tendo as pernas estiradas sobre a sua mesa, o escrivão escondia a cara por trás de um jornal chamado *Notícias Populares*, do qual se dizia que, se espremido, escorria sangue. Recompôs-se à entrada do casal. Uma voz — provavelmente do delegado — falava ao telefone, em outra sala. Aparentemente, o momento era de calma.

O senhor escrivão olhou por cima dos óculos e perguntou o motivo de estar sendo importunado. Não chegou a dizer isso com todas as letras, mas sua impaciência era visível. E piorou muito ao ser informado do que se tratava. Dirigindo-se à parte mais interessada em sua ajuda, disparou:

— Ora, rapaz, baiano aqui é todo mundo que veio lá de cima. Tanto faz se da Bahia, Paraíba, Pernambuco, Ceará, Alagoas e o escambau. Em que lugar você nasceu?

— Bem, o nome dele não está no mapa do Brasil. Nem no da Bahia. É muito pequeno.

Pelo fundo da agulha 137

— Mas como se chama, porra?

— Junco.

— Então você é do Junco! Só me faltava essa. Alguém do Junco a me procurar para saber se eu sei o paradeiro desse povo que fervilha como formiga. Também sou do Junco. O meu nome é... bem, está escrito aqui no meu cracha. Com toda certeza já ouviu falar de mim por lá. O que é que dizem? Vamos, me conte. Moça, com licença. Por favor, espere ali fora. Preciso ter uma conversa particular com o seu amigo.

Esperou a moça desaparecer. Continuou:

— Agora que estamos a sós, pode dizer a verdade. Sou muito malfalado naquela terra, não sou? Vamos, desembuche. Conte tudo o que dizem de mim.

— Nunca ouvi lá nada de ruim ou de bom sobre o senhor. Quando nasci, já fazia muito tempo que o senhor tinha vindo embora. Quer dizer, calculo isso...

— Pela minha idade... Pode dizer! Mas eu sei que você está escondendo a verdade. Minha má fama continua até hoje, naquela terra de fuxiqueiros. Pensa que não sei? Mas... Quem é que você está procurando mesmo?

Em vez de nomes, jogou apelidos à mesa. Lá era assim, o escrivão ainda devia se lembrar. Conhecia Dico e Manu de Tião, e ele próprio, um velho carreiro de bois? Estes talvez até fossem mais fáceis de serem lembrados, porque eram negros, logo, se distinguiam dos demais pela cor da pele. E saberia ele, o distinto escrivão, o paradeiro do povo todo do finado Zózimo, o barbeiro, e os do mestre Inocêncio, o carpinteiro? E os filhos de Manuel Dão Dão do

Pau de Leite, os de Maria da Tapera Velha, e outros como o Quinzinho do Pau de Bode, Mundinho das Barrocas Dantas, e mais o fulano do Cansanção, o beltrano do Mimoso, o sicrano do Maxixe... poderia dar uma pista de onde alguns deles seriam encontrados? Em primeiro lugar, porém, precisava localizar uma cunhada. Só que dessa desconhecia até se tinha apelido.

— A única referência que tenho é que foi casada com o meu irmão mais velho, que morou aqui durante muitos anos. Chamava-se Manuel, de sobrenome Cruz. Mas era chamado de Nelo. O senhor...

O escrivão deu um murro na mesa. Voou papel para todo lado. O outro se encolheu na cadeira, esperando que a terra se abrisse para ele se enfiar por ela adentro. Temia que o próximo soco fosse desfechado na sua cara. Por que toda essa fúria? A seu ver, não havia dito nada que pudesse ser considerado um desacato à autoridade policial — de um seu conterrâneo! —, que continuaria a descarregar uma raiva acumulada em mais de duas décadas, desta vez em palavras:

— Não fale daquele desgraçado perto de mim! Foi por causa dele que vim embora. Ele me fez cair numa emboscada. Está vendo isto aqui, ó? (Tirou os óculos de grau e apontou para um de seus olhos). — Percebeu o estrago dentro deste meu olho? Pois lhe conto: perdi a metade da visão dele. Sabe por quê? Porrada! Como foi isso? Uma tremenda sacanagem armada pelo seu irmão Nelo. Assunto encerrado. Pode ir. Passar bem.

Ladeira da memória: a noite do veado.

Pelo fundo da agulha 139

Fizeram um trato. Iam dar uma surra no veado. A idéia foi de um certo Pedro Infante, filho do dono da maior venda do lugar.

Caberia a Nelo atrair o veado para a calçada da igreja, quando todos já estivessem dormindo. Ele se negou a fazer isso. Mas Pedro Infante roubou dinheiro da gaveta do pai e o convenceu a topar o serviço, mostrando as notas que iria ganhar.

Os dois já estavam nus quando os outros chegaram. O veado correu, levando a roupa na mão. Correram atrás dele e o agarraram. Pedro Infante bateu muito no rapaz, com um cinturão. A fivela do cinturão vazou-lhe um olho.

No dia seguinte, o tal de Pedro Infante roubou mais dinheiro e deu ao rapaz, para que desaparecesse. Ele desapareceu, ninguém nunca soube para onde. Mas quando o dono da venda descobriu que havia sido roubado, o filho dele pôs a culpa em Nelo, que levou duas surras. Uma da mãe, outra do pai, que pagou o roubo, para limpar o nome da família. Nelo ficou de mal com Pedro Infante.

Essa história rolou de boca em boca, através dos tempos.

Então. O tal rapaz era agora aquele senhor calvo, de fala firme, decidida, bem situado na hierarquia dos imigrantes? Uma autoridade na polícia de São Paulo. Oficial de cartório. Com certeza, um bacharel em Direito. Quem diria! Sim, conhecia a história da sua vida pregressa. Mas não ligara o nome no crachá à pessoa. Lá, ele, o pobre-diabo agora a falar de cima para baixo, do alto de seus rancores, também era conhecido pelo apelido. Vu. O Vu de dona Maricota e do velho Epaminondas, que Deus os tenha.

Ela, uma zeladora da igreja, sempre a penitenciar-se pelos pecados do mundo. Morreu de velhice. Ele foi-se mais cedo, de desgosto, logo depois que o filho desapareceu pela estrada afora, contava-se. Vuuuuuuuuuuu! Vivaldo Uru-raí da Silva, eis o nome do homem, ali completo, com to-das as letras bem visíveis. Não lhe diria nada do que se lembrava agora, pela associação dos fatos. Por pudor, cons-trangimento, vergonha. Mas disse-lhe:

— Por favor... Só mais um instante. Ouça-me. Não sou culpado da canalhice do meu irmão. E nem sonhava em nascer quando isso que o senhor contou aconteceu.

— Você tem razão. Nem por isso posso lhe ser útil. Faz é tempo que sua cunhada e seus sobrinhos não moram mais aqui. Viveram nestes lados, sim, pulando de lugar em lugar. Itaquera, Itaim... Depois, ouvi dizer que estavam morando no Paraná. Parece que em Maringá. É como pro-curar agulha num monte de areia. Quanto aos demais, você não terá dificuldade de encontrar. Ali na praça, bem ao lado do cinema, mora um sapateiro que veio de lá. Do outro lado dos trilhos do trem tem uma casinha com uma árvore na porta. Pode bater nela, que lhe será aberta pelo alfaiate Israel. E há os que não perdem um forró. Agora, com licença. O delegado está me chamando.

— Muito obrigado. E me desculpe por ter tomado o seu tempo. Desculpe qualquer coisa. O meu irmão... deixa pra lá.

— Olhe! Eu gostava muito dos seus pais. Ainda estão vivos? Que bom. Eles merecem todo o meu respeito. Fica-ram a ponto de enlouquecer quando souberam o que o

Pelo fundo da agulha   **141**

Nelo fez. Bateram nele. E falaram comigo. Estavam inconformados.

— Mais uma vez, obrigado.

À moça, que pacientemente o aguardava, disse:

— Quase que o homem me botava na cadeia.

— Por quê? Queria um xodó e você deixou o coitado na mão?

— Como você sabe?

— E tem quem não saiba? Até você, que está vindo aqui pela primeira vez, já sabe.

— Não aconteceu nada do que você está pensando. Coisa pior.

Foi contando-lhe a história, o mais resumidamente possível, enquanto ela o acompanhava ao ponto do ônibus.

Voltaria àquele subúrbio feio, pobre, triste. E nele encontraria pessoas com mais motivos para ter saudades da sua terra do que o escrivão de polícia que acabava de conhecer. Nem parecia que aquele lugar, chamado São Miguel Paulista, fazia parte das redondezas da maior cidade da América do Sul, da qual era um apêndice inchado, graças às contribuições dos retirantes sertanejos à sua densidade demográfica. O alto-falante da praça cantava:

Eu penei, mas aqui cheguei...

Eis aí: a voz do mesmo Luiz Gonzaga, o rei do baião, ouvida em todas as praças do sertão. Sentiu-se no Junco. De alguma maneira. Olhou em volta. O que viu foi a feiúra de pequenos prédios que pareciam iguais uns aos outros, como se fossem engradados em que as pessoas se engarrafavam para dormir dentro deles. Ruas maltratadas. Calçadas estreitas. Mau cheiro nas esquinas. Não. Nada a ver com o Junco. Lá havia mais espaço de convívio. Bancos nos avarandados ("Traz café para as visitas, muié"), cadeiras nas portas das casas, para a prosa do anoitecer. Rodas de moças e rapazes em torno dos pés de tamarindo e de fícus. Não dava para dizer que a vida num surbúrbio de uma capital era igual à de uma cidadezinha do interior.

A moça disse-lhe que o próximo sábado era dia de baile. E perguntou se ele a levaria para dançar. Prometeu-lhe que não se esqueceria disso. Cumpriu a promessa. Por vários fins de semana. Com o passar dos dias, cansou-se das mesmas histórias dos parentes e aderentes que acabou reencontrando:

— Eu carreguei você no meu ombro.

Ou:

— Sabe dizer se está chovendo por lá?

Lá, havia o sonho de partir. Aqui, o de voltar. Se chegassem boas notícias. Não, ele não tinha a resposta tão esperada:

— Chove muito. A terra está verde. E a mata em flor. Tudo em volta é só beleza.

Cansou-se das idas e vindas nas linhas ferroviárias suburbanas que levavam aos arrasta-pés, os populares melacuecas, ao ritmo de um bolero, um samba-canção, um mambo, uma rumba, e do rock-and-roll; da sanfona, triângulo, pandeiro e zabumba dos forrós, sujeitos a briga de peixeira, por causa de mulher; de entregar o seu corpo suado a um outro, em igualdade de condições, num terreno baldio. A primeira vez fez lembrar um certo quintal de ba-

Pelo fundo da agulha

naneiras, num dia já muito longe. Com a repetição, o que era a graça do amor natural entre as chaminés de uma fábrica — a Santa Nitroquímica dos Imigrantes — e uma estrada de ferro, tornou-se desconforto. E medo. Da prisão, por atentado ao pudor. De assaltos. Das agressões dos enciumados.

Teve a hombridade de dizer à moça que adorava andar sem roupas íntimas, e dançar, e entregar-se perigosamente sobre a relva de um vale que se iluminava apenas quando um trem passava:

— Não dá mais para continuar vindo aqui todo fim de semana. Mas saiba que...

— É outra?

— Não. Não há outra. Necessidade de estudar. Inglês, francês, cursinho para o vestibular...

O nome dela era Edileuza. Viu os seus olhos marejarem-se. Beijou-os. Sem mais palavras. E entrou no ônibus. Não olhou para o lado. Nem para trás, quando ele partiu.

Eu penei, mas aqui cheguei... Xote, maracatu e baião/ tudo isso eu trouxe/ no meu matulão...

15

Agora ele se abraçava com outra, numa festa de casamento. E dançava conforme outra música. Cesse tudo. Silêncio. Ouça, menina bonita:

Eu sei que vou te amar/ ... Por toda a minha vida eu vou te amar...

E essa outra que agora tinha entre os braços deixava-se ser levada, feliz por haver encontrado um par que a inebriava com a leveza de seus passos.

— Você dança bem, sabia?

Retribuiu a lisonja, que o fez sentir-se nas nuvens. E, delicadamente, trouxe-a para mais junto de si, envolvendo-a ternamente. Corações ao alto. Olhos em enlevo. Todo cuidado para não errar o passo e pisar num pezinho de Cinderela. Ouvidos à música:

Desesperadamente, eu sei que vou te amar...

Não foi preciso buscar outras palavras.

Casaram-se um ano depois. E depois que ela concluiu o seu curso universitário. Pedagogia. E de ser aprovada num concurso público, da Secretaria Estadual de Educação. E tiveram dois filhos. Mas a história deles dois não poderia ser resumida assim: olhou, gostou, então vamos viver juntos. *We got to live together.* Houve um longo protocolo a ser cumprido, cuidadosamente, degrau após degrau, na escalada das convenções.

Fita de largada: andar de mãos dadas. O escurinho do cinema. O primeiro beijo. A mão num seio. Avançar devagarinho numa covinha que se insinuava por um sutiã adentro. Ousar outro avanço, joelho acima, explorando recônditas intimidades. Tocar à entrada da gruta sagrada. Ai. "Pára, pára. Chega". Ela era tão virgem quanto a mãe de Nosso Senhor Jesus Cristo. E não se envergonhava disso, embora não fosse nenhuma carola a engolir hóstias, de joelhos no último degrau da escada de um altar. Apenas preservava-se para uma noite de sonhos. Foi o que deu a entender, quando lhe falou em casamento. Não assim logo aos primeiros toques, mas na seqüência dos amassos, que o deixavam enlouquecido.

Às portas da glória, ele resignava-se ao sofrimento de manter-se em fogo brando, quando se via incendiado por dentro. O seu priapismo, de tão doloroso, levava-o a desvairar-se pela noite afora, em busca de alívio em grutas profanas. Que remédio? A vida airada era-lhe mais do que profilática. Nela, as extravagâncias da cidade excediam. Babilônia revisitada. Não a grande Babilônia, morada de demônios, coito de todo espírito imundo, e coito de toda ave imunda e aborrecível, onde todas as nações bebiam do vinho da ira da prostituição. Nesta, bebiam-se cuba-libre, cerveja, conhaque, uísque, áraque, saquê quente, vermute, vodca, cachaça. E, como na outra Babilônia, os mercadores da noite enriqueciam-se com suas delícias.

Passou a sentir uma senhora atração por uma mulher manca, diante da qual se ajoelhava, na condição de penitente fiel. Não a via apenas como uma marafa, ainda por cima defeituosa, nem uma operária do sexo, escrava de um gigolô, agrilhoada às correntes de um submundo movido a gás néon, dinheiro, álcool, suor e esperma. "Você voltou, meu guri tesudo?", ela lhe dizia, pegando-o docemente pela mão, despindo-o e levando-o à cama, para, como uma bem treinada enfermeira, tratar das dores em suas zonas erógenas, com o fogo do seu corpo. Fogo contra fogo. Nua, não tinha defeitos. Era uma pintura. A perfeição em pessoa. E um prodígio de experiência com rapazes afobados, loucos para descarregar todo o sofrimento acumulado abaixo do baixo-ventre. Aleluia!

A grande prostituta corrompeu o sangue do seu servo, infligindo-lhe tormentos monstruosos. "Você está correndo o risco de pegar uma sífilis", disse-lhe um farmacêutico, enquanto o submetia a uma picada de injeção de penicilina. "Procure um médico, imediatamente." Viu a besta, os reis da terra, e os seus exércitos reunidos para cravá-lo de agulhas. E ouviu outra voz que dizia: "Sai das delícias de Babilônia, para que não sejas participante dos seus pecados e para que não incorras nas suas pragas." As novas pragas dos sete anjos do Apocalipse se chamavam gono-cocos. Dores da gota-serena. Agora tinha nas entranhas o significado de purgatório. Dali a descer ao inferno seria um pulo. Satanás o recebeu risonhamente. Vestia-se de branco e tinha um estetoscópio pendurado ao pescoço. Pegou uma pequena lanterna e disse: "Vamos lá ver isso." Ele abriu a braguilha e pôs o passarinho para fora da gaio-la. E envergonhou-se com o seu encolhimento, que o reduzia a proporções infantis. Mostrá-lo daquele jeito era humilhante. O pior estava por vir: a picada de um ferri-nho com a ponta em brasa, imagine onde. E pelo canal adentro. Um tratamento satânico não poderia deixar de ser a ferro e fogo.

Era o preço de uma paixão, vivida castamente. No entanto, quando retornava aos braços da sua namorada, ganhava uma nova estatura, crescia para si mesmo. A bela namorada era o símbolo de uma conquista, com certeza a maior de todas, na cidade que tinha a voz cheia de dinheiro, e as filhas de família estavam guardadas para pretendentes da mesma classe, ele imaginava. Teria ela um pai que era uma fera? E a mãe? Seria uma megera, uma jararaca, uma bruxa ou um anjo de candura? Imaginou-a uma herdeira do baronato do café, de um capitão de indústria, de metade da rua Direita, a que simbolizava o poder do comércio. De fantasia em fantasia sobre o novo mundo a ser descoberto, só lhe restava aguardar a senha para lhe abrir a porta. A namorada não contribuía muito para aliviar-lhe a ansiedade.

Pelo fundo da agulha

— Você vai ver como eles são. Mas não se preocupe. Não mordem.

Essa resposta era uma dissimulação, ele cismava, lembrando-se do que o seu irmão Nelo havia lhe contado, pouco antes de se matar. "Quando ela [uma paulista] disse a seus pais que ia se casar comigo, eles se revoltaram: 'Todo baiano é negro. Todo baiano é pobre. Todo baiano é veado. Todo baiano acaba largando a mulher para voltar para a Bahia.' Casaram-se assim mesmo. E o casamento foi um desastre. Agora, temia que o sinal amarelo — esperar, esperar, esperar —, passasse a vermelho. E isso sem saber das relutâncias nos bastidores. O quê?! A bela filhinha estava namorando um baiano, que não conheciam de vista nem de sotaque?

Ela avançou o sinal: então iriam conhecê-lo, e aí veremos o que acontece. Pode até haver quebrado as resistências de maneira menos desafiadora. O certo é que, ao cair da tarde de um sábado, acendeu-se a luz verde à porta da sua fortaleza, na qual ele adentrou, portando o mais belo buquê de flores que encontrou num quiosque do Largo do Arouche, no centro da cidade. No elevador, com a alma em suspenso e o coração na mão, ensaiou as palavras a serem ditas, logo à chegada. Mas se lembrou de que elas não foram de grande ajuda, na sua meteórica carreira de vendedor de enciclopédias.

Agora, estava ali para provar se era o homem certo para a mulher certa. Tinha a seu favor um emprego que poderia ser considerado "de futuro". No Banco do Brasil! E estava estudando muito para ascender na empresa. Sua desvantagem: o sotaque, a denunciar o imigrante. Teriam os pais dela lido, em algum túnel, muro ou tapume, a inscrição que dizia "Mate um baiano por dia, para manter a cidade limpa?" O que era aquilo? Uma molecagem inconseqüente. Nunca, jamais, encontrara alguém disposto a matá-lo por causa da sua origem. Agora, logo ao chegar, e assim que abrisse a boca, se seu modo de falar levasse os donos da casa a lhe soltar os cachorros, teria que admitir que a convocação para a matança dos baianos era para ser levada a sério.

Para a sua sorte, aquela que poderia vir a ser a sua sogra havia nascido num estado do Nordeste, o Ceará. Era uma doce figura, de pele morena, cabelos pretos escorridos — já entrando na idade grisalha — e olhos verdes, "translúcidos e serenos, como as águas do mar", a evocarem a letra de um bolero. Chamava-se Iracy, nome que de alguma maneira lembrava o de uma emblemática personagem cearense, "a virgem dos lábios de mel", a índia Iracema, que se casou com um colonizador português. Em solteira, dona Ira — assim chamada na intimidade —, tinha um sobrenome igualmente genuíno: Quinderé. Ao casar-se com um paulista, juntou-o a outro cuja origem remontava ao tempo dos bandeirantes, os desbravadores dos sertões brasileiros em busca de ouro, e caçadores de silvícolas, com propósitos menos louváveis, pois os escravizavam ou os matavam em escalas assombrosas. Digressões históricas à parte, o fato é que a boa senhora passou a assinar-se Iracy Quinderé Bueno.

Pelo fundo da agulha 151

Na cidade dos bandeirantes, um Bueno devia estar sempre ao centro das conversas — supunha o pretendente a entrar na vida de uns Buenos. Mesmo que estes não tivessem nada a ver com entradas e bandeiras, ouro e índios, não poderiam escapar das referências à linhagem dos conquistadores paulistas, ou aventureiros, dependendo do ponto de vista de quem se interessasse pela saga dos Amador Bueno, Félix Gusmão de Mendonça e Bueno, Francisco Bueno, Gerônimo Bueno, Bartolomeu Bueno da Silva, o Anhangüera, quer dizer, o Diabo Velho, Amador Bueno da Veiga, que, individualmente, deram nome a ruas, estradas, viraram estátuas e, de forma genérica, batizaram instituições de ensino, o palácio do governador, uma rede de televisão etc. etc. etc. Mais que isto: tornaram-se uma designação para os nascidos em São Paulo, onde qualquer Bueno poderia se sentir o dono da sua história.

Naquele fim de tarde, dona Iracy Quinderé Bueno não iria se apresentar envolta numa aura heróica, ainda que por empréstimo ou comunhão de bens, que resultara no sobrenome respeitável. Poderosa, em seu coração — o aspirante a genro não tardaria a descobrir isso —, era a saudade dos verdes mares bravios da sua terra natal, do canto da jandaia, da fronde da carnaúba, do vento que embalança a palha do coqueiro, das jangadas, da carne de sol, da lagosta, da macaxeira (aipim, na terra dele; mandioca, em São Paulo), do cajá, do caju e suas castanhas, enfim, de raízes, grãos, frutos, cheiros, temperos, ternos falares, que ele também trouxera em seu matulão de memórias, embora tivesse vindo de um lugar tão distante do Ceará quanto daquela casa, um apartamento elegantíssimo de um bairro de bacanas que se chamava Higienópolis. Começou por dizer à saudosa senhora que todas aquelas boas lembranças o faziam recordar-se da sua mãe, dos seus beijus de tapioca, do seu cuscuz de milho, mungunzá, canjica, umbuzada, doces de leite, de goiaba, de mamão verde. E percebeu que foi um bom começo de conversa.

Quanto àquele que viria a ser o seu sogro, era um general, já sabia. Foi o último a entrar em cena. A recepção parecia ter sido ensaiada, com uma perfeita marcação teatral. O som da campainha. Uma porta se abre. A filha atrás da porta. Beijos. Tempo para a mãe dela surgir. Cumprimentos formais. Ele entrega-lhe as flores. "Que lindas! E como são cheirosas!" Agradecimentos. "Não precisava se preocupar, não precisava." Ela conta que nasceu numa casa arrodeada de rosas, jasmins e bulgaris. Relembra o perfume que exalavam, ao anoitecer. Fala também dos sabores da sua infância e juventude, lá no seu Ceará. Dos ventos. Da brisa marinha da Bahia, que também adorava. "Já aqui em São Paulo... prédio alto... fumaça!" Ele contemporiza, piscando para a namorada: "Mas até que eu gosto da garoa paulistana. E do seu friozinho. Quando não é demais, é aconchegante." Ela diz "É, tem razão" e pede licença para cuidar das flores, antes que murchem.

Os olhos dele fazem um passeio pela sala. Há nela acomodações confortáveis, da mesa de jantar e suas cadeiras senhoriais, às poltronas e sofás. Ele nota outros símbolos de *status*: lantejoulas, castiçais, abajures, as cortinas, as janelas, os tapetes — seriam persas? —, os quadros nas pa-

Pelo fundo da agulha

redes, os vasos de plantas, fotografias em molduras sobre um piano. "Ela nasceu com um piano na sala, no qual, vai ver, nunca tocou." Seria esse piano a diferença entre a namorada e ele? Pensa nisso temendo que poderia haver um abismo a separá-los. Mas percebe: há um banquete à sua espera, na mesa de centro. Enche-se de pânico diante da expectativa daquele momento. Nunca antes lhe fora dada tamanha importância. Medo de meter os pés pelas mãos, e fracassar, não correspondendo a tanto preparo, que lhe indicava uma valorização pessoal inédita. Pela primeira vez, estava conhecendo algo bem acima da sua experiência de vida. Um lar. O que tivera se desfizera na poeira dos fluxos e refluxos migratórios da sua família.

Era ainda uma criança no dia em que acordara no meio de uma confusão, um falatório apavorante, que vinha da cozinha da casa em que nascera. Naquele dia, o pai não havia chamado os filhos, antes do sol raiar, para rezar a ladainha, conforme o ritual de todo alvorecer. Da sua cama, ele os chamava em ordem decrescente de idade. Ao chegar ao último, puxava a ladainha e esperava a resposta. Em coro.

— *Kyrie eleison.*

— *Christie eleison.*

Em vez da cantilena sagrada, o que ecoou pela casa inteira, na penumbra daquele tormentoso amanhecer, foi a altercação entre um homem e uma mulher, ele ora a fazer-lhe apelos, ora a destemperar-se, como se estivesse desesperado, e ela a reagir de forma inflexível, durona. "Não faça essa loucura!" — ele dizia. E berrava: "Você perdeu o

154 *Antônio Torres*

juízo!" Quem poderia ser aquela que estava sendo chamada de louca, senão a sua mãe? Durante toda uma semana notava-se o azedume do pai. Só não se sabia qual era o motivo. "Não pari esses meninos para morrerem na ignorância" — o tom exaltado da discussão levou todos os seus irmãos a pularem da cama, apavorados. E logo se deram conta da decisão tomada pela mãe, em caráter definitivo, sem consultas ou um simples aviso, e que não dava para esconder mais. Dali a pouco ela e os filhos estariam de partida, em cima de um caminhão, contratado em segredo para uma viagem sem volta. Destino: Feira de Santana. A cidade que ficou famosa pela sua feira de gado. E que tinha uma rodoviária tão cheia de gente chegando e partindo, que mais parecia o estouro da boiada. E ali havia mais os luminosos verdes nas fachadas das lojas, intenso movimento de automóveis e pessoas nas ruas, estação de rádio, cinema, água encanada e muitas escolas — iriam descobrir isso, quando chegassem lá.

Antes, porém, tudo era alvoroço. Meninos sonolentos e tristes perambulavam dentro de casa, tropeçando uns nos outros na indifusa luz da manhã, para ajudar na arrumação dos cacarecos a serem levados na mudança. Redes, esteiras, três camas de mola com colchões de palha, uma velha mesa, algumas cadeiras, panelas de barro, pratos, talheres. E uma máquina de costura. Pouco mais que isso. O ronco do caminhão, e o movimento da família que marchava para ele, acordou o povo do lugar. Não faltaram curiosos para ver quem estava indo embora. No meio da agitação, indagava-se:

Pelo fundo da agulha **155**

— Como é que você vai sustentar todos esses filhos, mulé?

Não respondeu a isso imediatamente, porque não lhe importava o que pensassem ou dissessem da sua determinação. Que a chamassem de louca e do que mais quisessem. Só não seria justo condená-la por estar abandonando o marido. Ele ia ficar por decisão própria, insistindo na sua crença inabalável de que escola não enchia barriga de ninguém. E ela queria que os filhos aprendessem muito mais do que assinar os seus nomes. Para não serem como os seus pais, tios, avós, bisavós, tataravós.

Naquele momento, nenhuma inquietação era mais preocupante do que os rostos tristonhos da sua prole, por não saber se isso se devia à madrugada maldormida ou ao medo do desconhecido. Ela, porém, não estava com medo. Esse sentimento não a consumia mais. Já o havia ultrapassado, depois de tantos nove meses em que carregara um filho após outro em sua barriga, para expurgá-los nas mãos de uma parteira bêbada, sem saber se viriam ao mundo sãos e salvos e se ela própria sobreviveria ao nascimento deles. Sim, medo mesmo tivera nas dores do parto.

Agora dava por encerrada a sua missão de mulher parideira. O que significava o início da busca de um novo ninho para suas crias. Aguardou o abraço do avô delas, o seu altivo pai — bendizendo-o por não lhe haver dito nenhuma palavra, boa ou ruim — e, com a ajuda dele, subiu no caminhão. Uma vez lá em cima, levantou a cabeça, achando que pelo menos nisso ele a aprovaria: não se mostrar de crista arriada. Disse:

— Não esperava que tanta gente viesse me dizer adeus, a esta hora da manhã, quando o dia nem clareou direito. Agradeço a todos pela consideração. E aos que estão aqui perguntando como vou sustentar os meus filhos, respondo sem medo de errar: com a minha máquina de costura e a ajuda de Deus.

Foi como se dissesse: bem, meus considerados, sei que daqui para a frente contarei tão-somente com a minha força de vontade. Quem sabe só isso baste para me ajudar a tirar os meus filhos da ignorância?

Poderia ter acrescentado que Deus era tão misericordioso que havia lhe dado um filho chamado Nelo. E o mandara para São Paulo. De vez em quando ele lhe enviava dinheiro, pelo correio. Com fé em Nossa Senhora do Amparo, os envelopes iam passar a vir todo mês, sem falta. Já tinha escrito para o filho amado, explicando a sua nova situação ("Faço isso para o bem de seus irmãos, que precisam seguir o exemplo do mais velho"). Não esqueceu do mais importante: o novo endereço para as remessas. Sim, ela pensara em tudo. Também em segredo, alugara uma casinha para abrigar-se e à sua ninhada, num bairro paupérrimo. Pode ser que não tenha jogado a ajuda do filho na cara de todos para não atrair os olhos de seca-pimenteira do lugar.

Concluiu a sua despedida assim:

— Feira de Santana é logo ali, minha gente. Mesmo de caminhão, não dá nem meio-dia de viagem. Não vou para longe. Nem morrer tão cedo, Nossa Senhora do Amparo seja louvada! Também não vou deixar de vir aqui, nas festas da padroeira. Fiquem com Deus.

Pelo fundo da agulha 157

Então ela viu a pequena multidão erguer os braços e entoar a ladainha rezada para os que partiam:

— Deus te leve, viuuuuuuuu!

E estas vozes ecoaram pela estrada afora, até o caminhão desaparecer na Ladeira Grande, deixando para trás uma nuvem de poeira, a encobrir a lembrança do que aqueles passageiros um dia tiveram de mais parecido com um lar.

16

Agora um deles não consegue recordar-se se estava contente ou se chorou naquele dia. Mas se lembra de nunca ter vivido numa casa com uma sala igual a esta em que acaba de entrar. Sensação de conforto, bem-estar, bom gosto. O que só se conquista com dinheiro, naturalmente. Por que todo mundo não podia viver assim? Lembrou-se do seu amigo Bira, um verdadeiro irmão, a criticá-lo por entregar-se à vida boêmia, como um deslumbrado pelos prazeres da cidade, e a ler os poetas e ouvir músicas românticas, quando deveria, até por uma questão de coerência em relação à sua própria trajetória, interessar-se mais pelas lutas de classes.

— Porra, Bira, aqueles livros que você me emprestou podem conter as maiores verdades do mundo. Mas cá para nós, são muito chatos.

160   *Antônio Torres*

E aí o papo esquentava.

— Você está se tornando um alienado — dizia-lhe o amigo.

— Ora, meu camarada, ver a vida só pelo ponto de vista sindicalista não é outra forma de alienação?

Uma discussão sem fim, a varar a madrugada, no balcão de um boteco fétido, na esquina da avenida Ipiranga com a São João. A amizade dos dois, porém, continuava indiscutível.

Outro é o cenário que o faz sentir-se fora do tempo e do espaço, a ponto de quase não ouvir as palavras da namorada, a convidá-lo a sentar-se, e a dizer-lhe:

— Papai está vindo. Já despertou de sua soneca de depois do almoço.

E eis que o dono da casa surge, como num estalar de dedos. À deixa da filha, o seu pai gordo, de bochechas rosadas e ar bonachão, adentrou o proscênio com um cordial "Boa tarde". Pronto, o ator principal já estava em ação.

O coadjuvante perfilou-se e bateu-lhe continência, arriscando-se a cometer um erro gravíssimo, diante de tão alta patente. Até aquele instante, julgava-o deformado pela férrea disciplina da caserna. E esperava defrontar-se com uma figura rígida, austera, sistemática, capaz de comandar as mais cruéis torturas, nos porões dos quartéis. Quem, com um mínimo de relações bem informadas, não sabia que essas coisas estavam acontecendo? A sua fonte se chamava Bira, o amazonense, que, àquela altura, já devia estar em perigo, por andar falando demais, dentro e fora do seu expediente, no Banco do Brasil.

Pelo fundo da agulha **161**

Mas não. Aquele general tinha senso de humor, valhame isso, deduziu, quando ele soltou uma gargalhada, ao ser cumprimentado ao estilo dos subalternos diante de um superior fardado:

— Atirador dezoito, pela ordem alfabética da tropa do Tiro de Guerra da cidade de Feira de Santana, Bahia. Reservista de segunda categoria. Meu nome é Antão. É um prazer conhecê-lo, senhor general.

— Espero que a minha filha tenha lhe dito que já estou reformado. Portanto, faça-me o favor de parar com essa bobagem de general pra cá, general pra lá, pois não generalizo mais — disse o general, desmanchando-se em risos e estendendo-lhe a mão. — Sei perfeitamente onde fica o Tiro de Guerra onde você prestou o serviço militar. Passei uma temporada em Salvador, servindo no quartel-general da 6ª. Região Militar. Agora, fique à vontade — e apontou para os sofás e poltronas ao centro da sala, em torno da mesa já preparada com os comes e bebes. — Vamos nos sentar.

— Peço-lhe desculpas pela forma brincalhona como me apresentei para o senhor. Mas, falando sério, nunca tive, até esse momento, a oportunidade de conhecer um general. Lá no Tiro de Guerra, as autoridades máximas eram os sargentos. Naquela cidade, havia um tenente do Exército, que só vi uma vez, de longe, num palanque, vestido no seu uniforme de gala, na parada de 7 de Setembro, o dia da Pátria.

— Feira de Santana! — interveio a senhora Iracy, ao retornar com um vaso de flores, que pôs em cima de um móvel. — Estivemos lá. Foi muito antes de eu ficar grávida da Aninha. Eu me casei com esse bonitão paulista em Fortaleza, quando ele era ainda um jovem capitão. Depois, foi transferido para a Bahia, o estado mais festeiro do Brasil. Éramos convidados para todas as festas. Uma delas foi a micareta de Feira de Santana. Nunca me esqueci da orquestra que tocou naquele baile carnavalesco fora de época, logo depois da Quaresma. Chamava-se Os Turunas. "Pena que não sejam nossos", me disse a primeira-dama do município. "Estes músicos são de Alagoinhas, que fica perto daqui. Mas são famosos em todo o interior do estado." Depois, fomos à festa da laranja, naquela cidade. E lá estavam eles, tocando de novo. Os Turunas! Eram poderosos mesmo. Encerraram o baile tocando "Moonlight Serenade", como se a banda de Glenn Miller tivesse ressuscitado. Aquilo foi inesquecível. Quando ele (disse isso apontando para o marido) foi mandado de volta para São Paulo, a Aninha veio junto, dentro da minha barriga.

— Boa lembrança, Ira — disse-lhe o general. — Por falar em festa, parece que esta aqui é só para crianças. Só tem refrigerante. Nós, os adultos, também somos filhos de Deus.

Levantou-se, foi a um barzinho a poucos passos de onde estavam e voltou com uma garrafa de uísque e dois copos baixos que diria "adequados" à ocasião. O balde de gelo já estava sobre a mesa.

Serviu uma dose ao visitante, dizendo-lhe:

— Minha filha já deve ter dito a você que o meu nome é José Bonifácio. Sabe por quê?

Pelo fundo da agulha 163

— Imagino que em homenagem a José Bonifácio de Andrada e Silva, o patriarca da Independência, que entrou para a história como o brasileiro mais culto do seu tempo.

— É, já vi que você não foi um mau aluno de história — ele riu de novo, enquanto enchia o seu próprio copo. A mulher do general, quer dizer, dona Iracy, encompridou os olhos na direção do marido, como se o censurasse silenciosamente. O recém-chegado ficou em dúvida se o seu olhar fulminante dizia respeito ao tamanho da dose que ele acabava de se servir ou ao fato de estar bebendo. À parte isso, tudo transcorria sem o mais leve sinal de restrição ao pretendente à mão — e ao corpo inteiro — da belíssima filha, que se encarregou de ir buscar na cozinha mais acompanhamentos para o ágape de tão decisiva noitada, servindo-os à perfeição, diga-se, quem sabe com medo de que o seu pai e o namorado ficassem bêbados demais e acabassem dando um vexame. Mãe e filha se entreolharam, preocupadas, ao ver o general se servir de uma segunda, e generosa, dose de uísque. — Então me conte: do que você gosta mais, nesta vida? — ele perguntou ao candidato a seu genro, que, se havia sido aprovado, com louvor, no primeiro quesito, ao cumprimentá-lo perfilando-se como um soldado e batendo-lhe continência, agora tinha a perfeita consciência de que continuava sendo testado. O tom da pergunta não parecia de brincadeira. O inquirido evitou molhar as palavras, antes de responder. Pôs o copo sobre a mesa. E, de dedo apontado para a namorada, disse:

— Em primeiríssimo lugar, da sua filha.

164 Antônio Torres

— Por essa eu já esperava. E depois?

— De música, de cinema, de teatro, de um bom livro e, até, de um joguinho de sinuca e de baralho, para passar o tempo.

— Já que você gosta de ler, qual é o seu poeta preferido?

— Ah, são tantos! Augusto dos Anjos, por exemplo. *Doutor, pegue essa tesoura e corte ...*

— *... A minha singularíssima pessoa...*

— *... Que importa a mim que a bicharia roa...*

— *... Todo o meu coração depois da morte.*

— Este é dos meus — disse o general. — Augusto dos Anjos pôs os parnasianos no paredão de fuzilamento, por suas quimeras e procelas. Procela é assunto de marinheiro. E quimera... Bem, na juventude, tive as minhas. Mas vamos em frente. Agora me dê uma prova do seu gosto musical.

Sua cabeça fez uma volta no tempo em questão de segundos. Então imaginou um baile, em que um jovem capitão tirava uma moça para dançar. E trauteou um bolero: *Mujer, se puedes tu com Dios hablar...*

E acertou na mosca.

— Ira, põe aí aquele nosso disco! — ordenou o general.

Contente por finalmente ter sua existência lembrada, dona Iracy obedeceu ao marido, de forma surpreendente, pelo menos para o visitante. Em vez de procurar o disco "deles", sentou-se ao piano, abriu-o e começou a tocar "Fascinação" ("Os sonhos mais lindos, sonhei" etc.), e re-

Pelo fundo da agulha **165**

cebeu aplausos entusiásticos. Empolgada, continuou com "Perfídia", "La barca", "Solamente una vez" e outras preciosidades do gênero. Enquanto dona Iracy movia-se toda, ao piano — e de olhos enternecidos —, como se estivesse a bailar, o candidato a seu futuro genro entendia por que ela havia se lembrado facilmente da orquestra Os Turunas, comandada pelo maestro Benigno, um alfaiate que se tornara um clarinetista à altura de um Benny Goodman, mas sem a mesma aura do rei do *swing*, que tocou até em filme de Hollywood. Dona Ira lembrava mais um Waldyr Calmon, o pianista dos bailes íntimos, nas cidades do interior, na era da radiola. E com certeza ela estava muito feliz, em seu momento de estrela.

— Toca mais, mãe, toca, vai. Recordar é viver.

Não foi isso o que a filha lhe disse, quando aproveitou um breve intervalo entre uma música e outra, para ir à cozinha. Queria ver se o jantar já podia ser servido. Sua fala, ao levantar-se, foi dirigida ao pai.

— Modere-se, viu?

O general esperou que ela desaparecesse no corredor para servir-se de mais uma dose. Com a saída da filha, e tendo a mulher ao piano, de costas para ele, podia se sentir em vantagem. O outro julgou perceber o seu drama. Já não tinha um quartel a comandar. Agora, todo o seu exército reduzia-se àquelas duas e mais uma empregada, mas esta destituída de autoridade para lhe dar ordens. Era evidente que mulher e filha exerciam uma vigilância cerrada em relação ao seu gosto pela bebida. Estaria com alguma doença grave, e por isso tinha que viver sob controle? De-

166   *Antônio Torres*

via haver alguma história nebulosa em torno daquele homem. Por que se tornara um general de pijama, quando todos da sua classe, e até coronéis e capitães, ao reformarem-se, galgavam os mais altos escalões das empresas estatais e privadas, em diretorias criadas especialmente para eles, ou simplesmente na condição de eminências pardas? Não era aquele o tempo dos generais, em que também oficiais menos graduados falavam grosso, mesmo na reserva? Que motivos o teriam levado ao confinamento doméstico, como a própria filha havia deixado escapar, numa conversa aparentemente banal, sobre assuntos da sua família? Estaria ele sob prisão domiciliar?

Não, não daria para desvendar os seus mistérios — se houvesse — em apenas uma noite, que terminaria com um carteado sem grandes revelações entre uma rodada e outra. A quinta e última selou a derrota da dupla filha-futuro genro. Eram três horas da manhã. O general sorriu, satisfeito, ao despedir-se daquele que, pouco a pouco, conquistaria uma cadeira cativa naquela mesa, e cuja presença em sua casa se tornaria uma espécie de salvo-conduto para ele tomar um uisquezinho com três pedras de gelo, aqui e ali renovando a dose, sempre que se via fora do alcance de olhares recriminadores.

Naquela casa quatro olhos o vigiavam, sempre que ele levava uma das mãos a uma garrafa e outra a um copo. Por ser gordo e bonachão, era chamado, no âmbito familiar, de Bonzo. E também de Fofão.

— Você se saiu melhor do que a encomenda — foi o que, no dia seguinte, Anita disse a Antão, quando se reen-

Pelo fundo da agulha 167

contraram à porta do cinema; só depois de casada ela descobriria que o seu apelido de infância era Totonhim. — Fiquei até com ciúmes.

— Por quê?

— Hoje, lá em casa, não se falou em outra coisa, o dia todo. "Desta vez você arranjou um namorado que pelo menos sabe conversar." E tome elogio. Você é um sacana, um safado, um filho-da-puta — ela riu e o cobriu de beijos.

— Levou o meu pai na conversa com aquele poema, hein? Como é mesmo? Ah, já sei: *Doutor, pegue esta tesoura e corte a minha singularíssima pessoa...*

— E você decorou isto. Que maravilha.

— Quer saber da melhor? Quando acordei, minha mãe estava cheirando as flores que você levou para ela, toda derretida. E disse que seu sotaque lhe trouxe saudades. E o meu pai: "Aninha, pode trazer esse seu namorado aqui sempre que quiser." Acho que ele também já está com saudades de você, de um dia para o outro.

— Assim como eu. Mas da filha dele.

O melhor episódio deste capítulo aconteceu numa noite memorável, a deixar marcas num lençol digno de ser pendurado à janela, como prova de um casamento consumado. A partir de então, o nubente passou a reservar ao sogro o respeitoso tratamento de "Meu General", ou "Comandante", sendo por ele chamado de "Filho", que, no caso, dava uma nova significação a um sobrenome. Antão Filho e Ana Quinderé Bueno o presentearam com dois netos. Dois homens! Talvez tivesse ficado mais plenamente feliz se eles fossem um casal, menino e menina, nesta ordem. O nascimento deles, porém, o deixara a ponto de soltar foguetes. No primeiro, tirou fotos do bebê, ainda na maternidade, e escolheu uma para ser ampliada, destacando a genitália do recém-nascido e escrevendo ao lado, com caneta de tinta vermelha — e em letras garrafais: "Atentem para o detalhe: colhão roxo!" E assim traduzia o seu contentamento por haver herdado um neto macho. Repetiu a bravata quando o segundo veio à luz. Também desta vez poluiu, com baforadas de charuto, o quarto em que a filha repousava do pós-parto. Vô e Dindo foram as primeiras palavras que cada netinho aprendeu a pronunciar, para chamá-lo, levando-o ao panteão da glória, no qual declarou:

— Filho, bom não é ser pai. É ser avô. O pai reprime. O avô bota o neto para quebrar.

Não. Dona Iracy Quinderé Bueno não ficou à margem desta história, como personagem obscura. Desempenhou bem o seu papel de estrela do lar, ao promover almoços e jantares a serem degustados de joelhos, rezando-se pela alma da boa mãe de Epicuro, o filósofo dos prazeres. Entre sábados de feijoada e domingos de cozido à portuguesa, e macarronadas que a coroavam como uma autêntica *mama*, a já candidata a futura *nona* esmerava-se no comando de um cardápio variado, do vatapá baiano ao pato no tucupi do Pará, este a levar um conviva chamado Bira, o amazonense, a esquecer por um momento as lutas de classes, o

Pelo fundo da agulha **169**

materialismo histórico, Karl Marx e Friedrich Engels, Lenin, Rosa de Luxemburgo, Che Guevara e Fidel Castro, para propor à dona da casa uma sociedade num restaurante dedicado às iguarias do Norte do Brasil.

Era vê-la naquelas tardes e noites ao piano, logo após a sobremesa, isto é, dos manjares de lamber os beiços. "Chamem os amigos" — ela dizia aos comensais, à despedida. E assim a sua casa encheu-se de violões, flautas doces, atabaques, trompetes, saxofones, rapazes e moças bonitas. E interessantes. Não foram poucos os namoros, noivados e casamentos que vieram a sair das matinês e *soirées chez* Bueno. O coração de dona Iracy era todo festa. De copo discretamente posto em algum lugar sob o seu controle, o general desmanchava-se em sorrisos. *Mujer, si puedes tu con Dios hablar...*

Mas tinha de acontecer. Um dia ela se tornaria sogra. Primeiro ato:

— Não quero fazer fofoca, minha filha. Você sabe que não sou disso. Mas seu marido está levando o meu, que é o seu pai, para o mau caminho. Eles estão se encontrando muito nos fins de tarde. Aí um arrasta o outro para os bares. E é o seu quem carrega o meu. Fique mais esperta com as desculpas dele, quando demora a chegar em casa. Não vá contar nada do que estou lhe dizendo, ouviu? Se lhe conto, é para o seu próprio bem. E também para você depois não dizer que não lhe avisei.

Segundo ato:

— Alô? Como vai você, Filho? A Aninha está? Não? Para onde ela foi? O quê? Como que ela ainda não chegou do trabalho? Já são oito horas da noite. Vocês estão bem? Olha, Filho, não quero fazer fofoca não, mas o que está havendo com a Aninha? Eu ligo, ligo, deixo recado, e ela... Muito ocupada, muito ocupada... Entendo. Mas podia ter mais um pouco de consideração com a mãe dela. Como que uma filha, por mais atarefada que esteja, não pode parar por um minuto, ou ao menos por uns trinta segundos, para dar um alô à sua mãe? Estou certa ou estou errada? Diga a ela que liguei de novo. Mas só isso, Filho, tá?

Terceiro ato:

Uma mãe com o filho recém-nascido ao colo. A criança chora e esperneia, numa franca demonstração de estranhamento do mundo a que veio. Dona Iracy Quinderé Bueno entra em cena para desempenhar o papel de avó. Do alto de sua vivência e longa existência, ela sabe o que é preciso fazer para acalmar o bebê.

— Pegue a cabeça dele assim, ó... Me dê ele aqui.

Estende os braços para tomá-lo da mãe, dizendo:

— Venha, meu netinho. Venha aqui com a vó, venha.

— Não se preocupe. Deixe que eu cuido dele — responde a filha, a balançar o seu bebê, envolvendo-o no peito, em total defesa da cria.

— Coitadinho. Está cheio de gases. É por isso que está chorando tanto. Vou fazer um chá para ele.

— Não precisa, mãe. Já fiz tudo que o pediatra recomendou. Daqui a pouco o meu menininho sossega. Me deixe ficar com ele.

Pelo fundo da agulha

— Pediatra? Médicos? Que sabem eles mais do que uma avó? Não se esqueça que...

E lá veio a voz da experiência com suas queixas e mágoas da filha ingrata que não a reconhecia como uma autoridade capaz de fazer calar o choro de uma criança recém-nascida.

Daí em diante, a relação das duas oscilaria entre tapas e beijos.

17

E assim passaram-se os dias. E aqui se chega ao mais imprevisível deles.

— Que noite, hein, Bonzo?

Bonzo! Que apelido mais esquisito foram arranjar para o coitado do general. "Ridículo" — pensava o genro dele, a recostar a cabeça no banco traseiro do carro. Só porque era gordo, simpático, afável, bonachão e reformado?

— Bonzo, você errou o caminho outra vez! Está bêbado?

— Era para entrar ali atrás, olhe. Deste jeito nunca vai acertar o caminho de volta.

— Preste atenção nas placas, Bonzo.

Ele manobrou o carro, aproveitando um acostamento, e fez o retorno para pegar a estrada que a mulher e a filha estavam dizendo que era a certa. Não disse nada. Nem esboçou o menor sinal de aborrecimento com a matracação em seus ouvidos.

174 Antônio Torres

— Velho assanhado. A noite toda... não teve uma que não passasse nas mãos dele.

— Tá ficando saidinho, hein, Bonzo?

— Mas até que ele dança bem, vá.

Estavam retornando de uma suburbana festa junina, lá pelas tantas da madrugada. O pior, porém, era a neblina, o nevoeiro — o medo de um desastre.

— Devagar, Bonzo.

— Você está correndo demais.

— Se continuar assim, eu vou descer e esperar um ônibus.

Alvoroço exagerado. Não era verdade que ele estivesse dirigindo em alta velocidade. Ia a uns sessenta quilômetros por hora, no máximo. O general continuava calado. Pensativo. E obediente.

Numa coisa ele podia concordar: aquela havia sido uma bela noite de caras pintadas, trajes caipiras, antigos licores, o choro alegre de uma sanfona e o cheiro forte da brilhantina. Singelezas do mundo rural a animar os subúrbios na quadra do ano que vai da véspera do dia de Santo Antônio ao de São Pedro. O general adorou a brincadeira de pôr o chapéu na cabeça de um homem para roubar-lhe a mulher e sair dançando com ela.

— Que noite, hein, Bonzo?

Erra daqui, acerta dali, enfim, ei-lo entrando na garagem de seu prédio, sem nenhum dano na lataria do carro, nem um único arranhão em qualquer dos passageiros.

— Quase morro do coração, Bonzo. Se continuar correndo assim, nunca mais...

Pelo fundo da agulha 175

A reclamação da filha parou na metade, graças à interferência da sua mãe, num extraordinário lampejo de sensatez.

— Ufa! Chegamos. Pronto. Os sustos já passaram. Subam um instante, para tomar um cafezinho.

O general seguiu na frente e abriu a porta do elevador, na garagem, àquela hora deserta. Ninguém o vira chegar, com os demais. Ele continuava calmo. Mais calmo do que nunca.

— O que está se passando, Bonzo? Você está bem? Fala, criatura!

Antão, o Filho, também não abrira a boca o tempo todo, vai ver para não estimular a tagarelice da sua mulher e da sogra. Ou por uma espécie de muda solidariedade ao bombardeadíssimo sogro, que calado continuava. Talvez a pensar: "Elas estão com a corda toda. Deixemos que falem, falem, até pipocar, como as cigarras." O seu genro, porém, percebeu. O general tentava descarregar a sua tensão exercitando os dedos da mão em que tinha as chaves do carro e de casa. Flexionava-os como se estivessem dormentes. Enquanto o elevador subia, as duas mulheres se calaram. E é possível que o marido de uma e pai da outra as tenha amado muito, por aquele instante de silêncio. A filha voltaria à carga na seqüência da cena, ao atirar a bolsa numa poltrona e se estirar num sofá:

— Que noite, hein, Bonzo?

O general embocou pelo corredor e desapareceu. Dona Iracy o acompanhou. Lá para dentro, os dois tomaram rumos diferentes. O dela era a cozinha, onde ia fazer o café prometido. Dali a pouco ouviu-se um bater de porta. A do banheiro. A seguir, o espanto. O genro pulou da poltrona em que cochilava. A filha do general despertou da sua soneca em pânico. A mãe dela deixou a bandeja se espatifar no chão, com xícara, café, bule e tudo.

— O que foi issssso?!!! — três vozes fizeram a mesma pergunta, a um só tempo. Mas já sabiam. O som que acabavam de ouvir era o de um tiro de revólver. Correram para o banheiro. Lá estava um corpo caído, ensangüentado, e a contorcer-se, ainda com alguma esperança de vida.

O general morreu ao amanhecer de um dia de São João, antes de chegar ao hospital do Exército.

Como dar a notícia às crianças?

Velório em torno de um caixão com a tampa fechada e lacrada. Dentro dele escondia-se o corpo do general, vestido com o seu uniforme de gala, e com o crânio baleado. A família abalada não teve condições de avisar aos amigos, parentes e aderentes, muito menos para responder às indagações sobre a causa da sua morte, assunto passado à alçada militar, como segredo de Estado. Só o capitão responsável pelo Serviço de Relações Públicas do Exército estava autorizado a dar informações, ao mesmo tempo que se encarregava de despistar sobre a hora do enterro e a missa de sétimo dia, para evitar ajuntamento de pessoas estranhas à corporação — jornalistas, por exemplo.

Tratava-se de um funeral acautelado pelas leis de segurança nacional, em razão da alta patente do suicida. A um

Pelo fundo da agulha **177**

general é vedado o direito a se matar, por uma simples questão de moral e civismo. Versão oficial: acidente. Estrada escorregadia. Carro derrapou e chocou-se contra um poste. O impacto só fizera uma vítima. Os demais passageiros saíram ilesos. Por ordens superiores, o carro foi rapidamente escondido na garagem de um quartel, onde ficaria por uns tempos. Seria devolvido à família com o disfarce de uma nova pintura. Cumpriu-se à risca — e a poder de censura — o que os altos escalões determinaram para coibir qualquer vazamento sobre o real fim do general. Isso acabaria se tornando insustentável, à boca pequena.

A família, porém, nunca mais seria a mesma. Aquele tiro a atingiu profundamente. A senhora Iracy Quinderé Bueno não conseguiu fazer o luto. Entregou-se ao abandono de si mesma. O desgosto consumiu-lhe o espírito e o corpo em pouco tempo, o que quer dizer que não demorou muito a ir fazer companhia ao amor da sua vida, na cidade dos pés juntos. A filha culpou o marido pela desdita do pai, ao lhe fazer companhia para beber, até ele perder o juízo. Separaram-se. Não apenas pelos desentendimentos provocados por tal acusação, naturalmente. Ela vendeu o apartamento que lhe coube de herança — e de trágica memória —, e comprou outro, aonde viria a morar, com os filhos. Estes culparam o pai pela separação.

A partilha dos pertences de cada um deu pano para as mangas. Aquela que antes era chamada de Aninha e Anita se fez de Don'Ana.

— Isto é meu, aquilo também, ora, não me encha a paciência, tudo de bonito que há nesta casa fui eu que comprei, com o meu dinheiro, esqueceu?

— Não, não me esqueci. Pode levar tudo que acha que é seu. Ei, quer fazer o favor de parar de atirar esses sapatos em mim? Quer me matar, é? Por que tanta raiva?

— Vou te dizer uma última coisa. Preste atenção nisso.

Sentou-se. Parecia mais calma. Ele ficou à espera, já também sentado. Pelo visto, a tal da "última coisa" seria uma longa história. E foi.

— Eu me apaixonei por um cara que parecia muito diferente dos namorados babacas que tive antes. Você veio lá dos cafundós do Judas para me ensinar a ler o mundo, sabia? Até te conhecer, eu era uma bobinha que vivia de baile em baile sem saber o que era poesia, teatro e cinema de verdade. E você também me fez ver que as pessoas, a vida, e até a própria cidade em que nasci eram bem diferentes do que eu pensava. Nunca me esqueci do dia em que você me levou para almoçar na casa de uns negros da sua terra, que moravam na periferia. Só a viagem de ônibus para lá foi uma porrada na minha cara. Assim que fomos deixando os bairros chamados de elegantes para trás, eu ia vendo que não fazia a menor idéia de como era verdadeiramente o lugar onde tinha nascido. E fiquei encantada com a alegria daquela gente humilde, por você ter me levado. Todos festejavam a mulher de Totonhim, o que montava num jegue para ir buscar flores em quintais distantes para as meninas levarem para as novenas do mês de maio, e que só por isso merecia ter se casado com uma moça bonita, de muito longe. Bonito era o que eles estavam dizendo. Você não imagina o quanto tive que me segurar para não desabar no choro. Adorei também saber

Pelo fundo da agulha 179

que você, quando era menino, adorava fazer tranças nos cabelos das gurias da sua idade. Quanta coisa singela da sua vida eles relembraram. E eu pensando: o Filho, meu Totonhim, teve uma infância de fazer inveja a todo menino desta cidade. E como aqueles negros te querem bem. Vocês foram criados juntos, soltos nos pastos, e depois se soltaram no mundo. Na noite daquele dia, perguntei por que você tinha se afastado tanto dos seus conterrâneos e também por que nunca havia me levado, com os nossos filhos, para conhecer a sua família e a sua terra. Então você me contou a história do enforcamento do seu irmão e de todo o seu trauma. Não me agüentei. Chorei que nem uma criança. E você me prometeu que nas suas férias a gente ia lá. E nunca. Foi a Paris! Sem mim. Dez anos depois disto, ou seja, só há pouco tempo, resolveu finalmente ir ao seu cafundó, por causa dos 80 anos do seu pai. Sem nós de novo.

Ele levantou a mão, pedindo um tempo. Naquele momento, baixou-lhe uma profunda saudade da sua sogra e avó de seus filhos, dona Iracy Quinderé Bueno. Se viva fosse, e estivesse ouvindo as emocionadas rememorações da filha, com toda certeza correria para o piano e tocaria "El dia que me quieras". Mas não era disso que ele queria falar. Precisava fazer um esclarecimento, que julgava importante, necessário.

— Desculpe-me te interromper, Inesita.

— Inesita? Quem é Inesita?

— Uma daquelas gurias das tranças feitas por mim.

— E você se encontrou com ela quando esteve lá?

— Sim. O lugar é muito pequeno. Todo mundo acaba tropeçando em todo mundo. Além disso, ela gosta muito do meu pai. Cuida dele de vez em quando.

— É casada?

— Acho que é viúva, ou separada do marido. Não me lembro.

— Sei não... Essa lembrança do nome dela está me cheirando a chifre queimando na minha cabeça.

— Deixa de bobagem. Preciso falar de uma coisa séria. Naquela vez que fui a Paris, e na outra que voltei ao Junco, nossas férias não coincidiram. Lutei para guardar as minhas até você poder tirar as suas, mas o departamento de pessoal do banco não permitiu isso. Questão de escala, me disseram. A burocracia foi mais poderosa do que a minha vontade. Ora, Anita, você sabe perfeitamente que fui forçado a entrar de férias naqueles períodos.

— Tudo bem. Só que não faltou ocasião para a gente ir lá ao seu Junco.

— Calma aí! Você está sendo injusta outra vez. Quando dava para a gente viajar juntos, fosse em férias ou nos feriadões, você acabava escolhendo o circuito Helena Rubinstein, esqueceu? Nova York, Roma...

— Quem fala! Era você quem me convencia disso!

— Bom, tudo isso já passou. Como você sabe, não dá para voltar ao passado e refazer nossas escolhas.

— É exatamente aí que eu quero chegar. Nas suas escolhas. Continuando o que eu vinha dizendo antes, pergunto: o que aconteceu com aquele cara com uma história tão diferente da minha, e que eu admirava tanto? Acabou

Pelo fundo da agulha 181

se tornando igualzinho a mais um da minha família. Você quis ser como eles. E se perdeu de vista. Que merda, hein, Filho?

Se corresse o bicho pegava, se ficasse o bicho comia: numa hora, era acusado de ter contribuído para o suicídio do pai dela. Em outra, de haver ficado igual a ele.

Não nos inquietemos, não nos inquietemos. O homem na cama não tem um revólver guardado em qualquer uma de suas gavetas ou à cabeceira, o que já foi dito, há algum tempo. Resta saber se agora, passados muitos anos, ele faz alguma idéia do motivo que levou o seu sogro a cometer o tresloucado gesto. Havia uma pasta, que lhe foi confiada, sob juramento de que só seria aberta depois que o general não pertencesse mais a este nosso mundo, não é verdade, senhor? E o que fez dela? Cinzas. Queimou-a sem tomar conhecimento dos segredos que guardava. Já não tinham a menor importância, o senhor se disse, diante da labareda que a devorava, num terreno baldio, enquanto uma chuva fininha caía dos seus olhos. "A morte zera tudo", se diria ainda, ao fazer a cremação simbólica daquele que o chamava de Filho, dando ao seu sobrenome um tratamento paternal. E ali estava o senhor, prestando-lhe a sua homenagem particular, não a bater continência, nem com orações, ou a cantar o hino do soldado, mesmo que na versão colegial que certamente o faria rir — "Nós somos da pinga pura, fiéis paus-d'água, da noite escura... Amor febril, pelo barril..." —, ou saravaidas de balas para o céu. Mas rememorando silenciosamente o começo de *O mito de Sísifo*, de Albert Camus:

Só há um problema filosófico verdadeiramente sério: é o suicídio. Julgar se a vida merece ou não ser vivida, é responder a uma questão fundamental da filosofia. O resto, se o mundo tem três dimensões, se o espírito tem nove ou doze categorias, vem depois... Há muitas causas para um suicídio e, de um modo geral, as mais aparentes não têm sido as mais eficazes... Aquilo que provoca a crise é quase sempre incontrolável. Os jornais falam muitas vezes de "desgostos íntimos" ou de "doença incurável". São explicações válidas. Mas era preciso saber se nesse próprio dia um amigo do desesperado não lhe falou num tom diferente. Ele é o culpado. Porque isso pode bastar para precipitar todos os rancores e todos os cansaços ainda em suspenso... Um mundo que se pode explicar, mesmo com más razões, é um mundo familiar. Mas, pelo contrário, num universo subitamente privado de ilusões e de luzes, o homem sente-se um estrangeiro...

— Pensava que o estrangeiro aqui era eu, meu comandante — o senhor disse às cinzas da papelada de que era guardião. — E, antes de mim, o meu irmão Nelo. Depois dele, meu primo Pedrinho, o que também pôs o pescoço numa corda. Dele guardei não uma pasta explosiva, mas o estilingue que me deu no dia em que vim embora. Um presente para o pior caçador de passarinho que o mundo já havia conhecido, ele disse. Eu, o estrangeiro.

Pelo fundo da agulha 183

A contabilidade dos estrangeiros da sua vida ia longe. Outro amigo de infância, um que dava muita sorte com as mulheres, chamado Gil, e fez um desfalque na Justiça do Trabalho de uma cidade à beira do rio São Francisco, chamada Juazeiro, e para pagar dívidas de uma campanha eleitoral, pois este mergulhou de cara dentro de um copo de formicida, na casa de um bispo. Deixou uma carta para ele que começava assim: "Agora estou só. Tão desgraçadamente só quanto no dia em que nasci. Mas agora dispenso a parteira e não preciso mais berrar ao mundo que estou só."

Sua alma, sua palma.

Sós, desgraçados, estrangeiros, mas civis. Portanto, covardes, se analisados sob o ponto de vista militar. O general deixou todos os quartéis cheios de ressentimentos, medo, culpa, perguntas. Faço outra: o que conteria aquela pasta? Um diário? Ali dentro poderia estar arquivado um capítulo eletrizante das memórias de um tempo — o tempo dos generais. Certo, o senhor fez o que o seu coração mandou. Mas nos privou de informações que poderiam tornar-se preciosas à história daquele tempo.

Foi por medo? Temeu estar de posse de documentos secretos, que poderiam incriminá-lo, apenas por os haver lido, o que o incluiria na lista dos que sabiam demais, e o tornaria um alvo a ser detonado? Nesta hipótese, o general teria sofrido ameaças dos braços clandestinos das próprias Forças Armadas, por discordar de suas práticas, métodos, chantagens, planos sinistros, o que o levou à reserva, quem sabe contra a sua vontade. Em assim tendo sido, a pasta estaria na mira de todos os envolvidos nos fatos anotados pelo seu sogro, com datas, locais, nomes, patentes, cargos. Confesse: só de pensar nisso o senhor tremeu nas bases. Tratou de pegá-la no fundo de uma gaveta que mantinha trancada, em obediência ao pedido do homem que confiou no seu sigilo absoluto, e correu para um lugar ermo, para desfazer-se dela, como quem se livra de uma bomba.

Foram duas as recomendações do general, não foram? A primeira: o senhor só poderia romper o lacre da pasta, abri-la e desvendar o seu conteúdo, depois que ele tivesse partido desta vida para outra, pior ou melhor, ninguém sabe, disse, sorrindo. Também riu quando o senhor franziu a testa, assustado, como se aquela conversa fosse de um doente terminal.

— Filho, daqui para a frente vou acordar cada dia mais velho do que já estou. Caminhando para os braços de quem? Dela mesma, a dona morte. Guarde isto a sete chaves e estamos conversados. Agora passemos aos trabalhos. Garçom, por favor!

A segunda recomendação: evitar, pela vida afora, que a mulher e a filha viessem a pôr os olhos nas páginas que lhe estavam sendo confiadas. O assunto ali era exclusivo de sogro para genro. O senhor o entenderia desta maneira: de homem para homem.

Na pasta incinerada, poderia haver notícias do seu amigo Bira. A última vez que o senhor o viu foi na catedral da Sé, em meio aos fiés, durante a missa de um domingo. Ele havia ligado de um telefone público, sem se identificar nem dizer o seu nome, o que não era preciso, em se tratan-

Pelo fundo da agulha   185

do de dois amigos que se reconheciam pelas vozes. Em poucas e rápidas palavras, marcou um encontro no lugar que lhe parecia mais seguro. Assim:

— Hoje é domingo de Ramos, dia de hosanas ao Senhor, na Catedral, daqui a trinta minutos. Vai lá!

Ele chegou acompanhado da mulher. Como era mesmo o nome dela? Ah, sim: Sílvia. Para o senhor, Silvinha. Seu amigo Bira a chamava de *minha menina*.

Os dois estavam apressados. E tensos.

— Pode ser que nunca mais a gente se veja — ele cochichou, olhando em volta, discretamente. Vocês se abraçaram. Se apertaram. — Temos de ir. Mas não saia já.

Eles desapareceram rapidamente. Iam para Cuba, sabe-se lá como. Treinamento de guerra de guerrilha, o senhor imaginou. Primeiro, atravessariam a fronteira do Uruguai, com a ajuda de uns frades dominicanos — eis aí tudo que a pressa permitiu que deixassem escapar. O senhor se ajoelhou e rezou, decidido a ficar na igreja até a missa terminar, por questão de segurança. E também para matar um pouco a saudade do seu tempo de sacristão. Por isso não pôde ver o fim dos seus amigos. As rajadas de metralhadora, ali por perto, suplantaram as vozes que cantavam as hosanas ao Senhor. As portas da igreja foram fechadas, imediatamente.

O casal seu amigo estava sendo seguido. Os corpos deles sumiram num instante. Ficaram as manchas de sangue, num ponto de ônibus da Praça da Sé, isso o senhor viu, mais tarde. E como sabia que jamais iria descobrir onde estariam enterrados, procurou um quiosque de flores e voltou com duas rosas, pondo-as sobre o chão manchado. Em seguida, benzeu-se. E, com o braço direito esticado, fez o sinal-da-cruz sobre a campa imaginária, dizendo: *Ite missa est.*

Um transeunte comentou:

— É cada doido que aparece por aqui...

Fossem outras as circunstâncias, isso lhe provocaria uma boa risada. Mas o que acabava de acontecer não era nenhuma piada. As últimas marcas da passagem de Bira e Silvinha pelo planeta Terra estavam no cimento daquela calçada. E logo seriam apagadas pelas chuvas. "Sim, amigos, nunca mais a gente vai se encontrar. Que porra", o senhor pensou.

Nunca mais um chope no Jeca, na esquina da Avenida Ipiranga com a São João, imortalizada por Caetano Veloso, num dos mais belos hinos àquela cidade. *Sampa!* Ali ele, o poeta e cantor, um dia viria a se encantar com *a deselegância discreta de tuas meninas.* Nunca mais um papo sobre Marx e etc., luta de classes, materialismo histórico... A ironia do destino era que aquele seu amigo marxista acabava de ser metralhado, junto com a sua *menina,* quase à porta de uma excelsa casa de Deus.

O senhor foi andando lentamente, a passo de funeral, um hoje, outro amanhã, e olhando para ontem, como se tivesse perdido o ritmo e o rumo das horas. Ao voltar a cabeça na direção das flores, percebeu que elas já haviam sido esmagadas pelos sapatos dos transeuntes. Que porra. Toda a história de uma grande amizade terminava ali, debaixo das pisadas de quem a desconhecia, e ainda o dava como doido. Quase que o cidadão aí voltava à catedral

Pelo fundo da agulha 187

para procurar um padre e se confessar. Por se sentir culpado daquele duplo assassinato. Mas desistiu dessa idéia, por medo de ser dedurado pelo confessor. E o que era que um sacerdote poderia fazer pelo seu sentimento de culpa, o seu luto, a sua dor? Bira, o amazonense, fora o seu primeiro e definitivo amigo em São Paulo, onde o senhor chegou, aos 20 anos, com tudo o que possuía de seu dentro de uma maleta de mão, e nenhum destino. E foi na festa do casamento dele com a Sílvia que uma conviva lhe cairia nos braços. Ana, colega de Silvinha na universidade, viria a ser a mãe de seus filhos. Como dar esta notícia a ela, que só não foi à catedral porque teve de ficar com as crianças? E ainda tendo de dizer-lhe que eles foram lá só para lhe dar um abraço, que achavam que era o último, mas não porque soubessem que iam morrer no minuto seguinte? Que porra, que porra, que porra.

Se, ao menos por curiosidade, o senhor tivesse aberto a pasta que reduziu a cinzas, e lido os papéis nela arquivados, poderia ter ficado sabendo os nomes dos matadores de Bira e Silvinha. Outra possibilidade: a da sua própria incriminação, por não haver cortado a relação com o Bira, mesmo depois que ele caiu na clandestinidade, desertando do seu emprego no Banco do Brasil. Aquele encontro na catedral o comprometia até a alma. Quem sabe o senhor só não passou por poucas e boas por ser genro de um general, que lhe teria salvado a pele? E sabe-se lá a que preço?

Pode ser ainda que o senhor tenha tido em mãos a história de um amor secreto. Terá sido um romance feliz ou contrariado? Imaginemos um enredo entremeado de cartas, poemas, letras das mais românticas canções, e... acrósticos! Os indefectíveis acrósticos! E folhas secas, anexadas às páginas, a sugerir memórias de um outono num parque. Tudo poderia começar com um capítulo meloso. Lamberíamos os beiços com mais alguns, igualmente adocicados. Isso até chegarmos à seção de cartas, no final da xaropada toda, quando descobriríamos o conflito básico da trama. Aí, sim, teríamos grandes revelações, numa alta voltagem dos sentimentos: da paixão irrefreável ao ódio e desejo de vingança explícitos, com as ameaças previsíveis, em tais estados de espírito: "Ou ela ou eu. E se não for eu, farei um escândalo. Ela vai ficar sabendo de tudo." Reação digna de uma fera ferida, a mostrar as suas garras.

Uma nova suposição. E bombástica. O general andara tendo um tórrido caso com uma senhora casada. Imprudentemente, trocaram correspondências, que guardavam. O marido enganado teria conseguido interceptar uma ou várias dessas cartas, passando a se corresponder com ele. Entendeu agora por que o sogrão não queria que a esposa e a filha lessem o que estava dentro daquela pasta? Não apenas para ocultar delas a sua relação com a tal dama. Surpreendente mesmo, ou chocante, aos olhos da família, seria a revelação do desdobramento dessa história. O marido traído lhe teria exigido que saísse da vida da sua mulher, por bem ou por mal. E o mal era uma bolotinha de metal ou chumbo. Um militar, e tão graduado, saberia perfeitamente captar a mensagem.

Vendo-se acuado, o general teria marcado um encontro secreto, no qual declararia a sua rendição, sem suspeitar de

Pelo fundo da agulha 189

que se tornaria refém daquele que o considerava, baseado em farta documentação, um rival de cama. Numa reversão espetacular da situação, os dois homens viriam a se apaixonar perdidamente. Como paixão rima com obsessão, o outro passaria a segui-lo aonde quer que ele fosse, a rondar o seu prédio, a lhe telefonar em horas impróprias. Um dia, virou a mesa: "Ou ela ou eu!" A história tomaria um rumo perigoso, ameaçador, incontrolável. Não suportando a pressão, restaria ao seu sogro dar um tiro nos cornos.

Pode ter sido uma coisa dessas ou nada disso. A verdade mesmo o senhor pôs a arder. Deixou-nos entregues à fantasia. E aí deliramos. Cada qual que acrescente o seu ponto ao conto da vida, paixões e morte do militar José Bonifácio Bueno, pai amoroso, amantíssimo esposo e biriteiro moderado. Não se sabe se torturador. Aquele dossiê poderia ter trazido à luz todas as suas zonas de sombra. Mas cadê ele? O senhor o embebeu em álcool e tacou-lhe fogo. Por razões desconhecidas — e que talvez ainda pudessem despertar algum interesse público, mesmo que o tempo dos militares já tenha passado —, o general José Bonifácio Bueno, dito Bonzo, deu à sua vida o ponto final de um balaço. Tudo sob controle, comandante. Seu genro queimou-lhe os arquivos. Descanse em paz.

18

— Falta de fé! Como todo mundo sabe, ou devia saber, quanto mais as pessoas se afastam de Deus, mais se aproximam da sua própria desgraça.

Pronto. Chegou a hora de o homem na cama ouvir um sermão e tanto. Pela voz, identifica a figura da mãe, a enrijecer uma linha nas pontas dos seus dedos, para passá-la pelo fundo de uma agulha. Ela está sentada diante de uma máquina de costura, e de costas para uma parede, na qual reina o retrato oval do Sagrado Coração de Jesus. Ele a imagina preparando-se para começar os trabalhos, a se queixar — como sempre — de que está com muita encomenda atrasada. Isso equivalerá a um pedido de desculpas, por não continuar, à mesa da cozinha, a prosa iniciada desde que esta inesperada visita bateu palmas à porta, dizendo "Ô, de casa!" Naquele momento, ela fazia o seu café da manhã e estranhou que alguém batesse em sua porta tão cedo. "Ô, de fora!", respondeu, encaminhando-se para ver quem estava chegando.

— Totonhim! Nem acredito. Você chegou em boa hora. Acabei de passar o café agorinha mesmo.

Mãe e filho se abraçariam e ele lhe daria os presentes. Um corte de seda pura para um vestido digno de um domingo de missa solene, que seria feito pela melhor costureira do mundo, ela mesma. Uma revista com os moldes da última moda, para o deslumbramento da sua clientela. Um lenço estampado, para proteger-lhe a cabeça ao sol. Um rosário de contas prateadas, para os seus terços de todo dia. Postais de Roma. A basílica de São Pedro, a capela Sistina, o beatífico papa, em cores, que ela guardaria até a eternidade. Puxa vida. Esqueceria o livro que mais o fizera lembrar-se dela e de seu pai, no dia em que o comprara. Pelo título: *A velhice do Padre Eterno* — do português Guerra Junqueiro. Um esquecimento politicamente correto.

— Como que o Padre Eterno ficou ou vai ficar velho? Isto só pode ser coisa de comunista. E está pedindo para ser botado no fogo, debaixo das panelas. Olhe só este pedaço aqui e veja se não tenho razão:

Santo Inácio

Bendito quem nos dá o pão de cada dia.

Coro dos santos

Bendita a Estupidez, bendita a Hipocrisia.

Pelo fundo da agulha 193

Continuaria a leitura, em voz alta, e de cinto à mão, para submeter ao açoite o propagador de idéias tão malsãs:

Santo Inácio

Benditas sejais vós, ovelhas de Maria.

Coro dos santos

E mais a vossa lã e quem na tosquia.

— A que ponto o mundo chegou! Filho meu trocando os livros da igreja por heresias.

Não, mãe, não me bata não, eu nunca mais vou ler isso, não, creio em Deus Padre, Todo-Poderoso, Ave-Maria, cheia de graça, rogai por nós, os pecadores, Santa Maria, mãe de Deus, chega, mamãe, já me bateu demais, não agüento mais, Senhor Deus, misericórdia!

É a memória, e não a dor, que o fará recordar-se da sua mãe de chibata na mão, a castigá-lo por tudo e por nada, oh, impaciente, nervosa, estressada *mater dolorosa*, que não viveu só de valores espirituais. Na velhice do filho eterno, e este em minúscula, a cobrirá de perfumes, compensando-a pelo suor que derramou enquanto o surrava, por havê-la irritado até a desesperação.

✳

194 Antônio Torres

Então lhe ofereceria pérolas de chuva, recendendo a água-de-colônia e fragrâncias francesas.

— Não precisava tanta coisa, não precisava. Muito obrigada.

Ele a beijaria, embora de maneira desajeitada, muito feliz por estar sendo considerado — finalmente! — um bom filho.

O tímido afago não se deveria à ausência de muitos anos, que poderia tê-lo levado a uma total falta de intimidade com a sua mãe. Era um problema antigo. O beijo não fazia parte dos gestos daquela senhora de imensa prole, que não tivera tempo de acarinhar a todos, enquanto cresciam, como se a tarefa de criá-los, envolvida até os cabelos no duro afã de fazer-lhes a comida e as roupas e ainda ter de arrumá-los para a escola, as missas, novenas e quermesses, fizesse dela, dia após dia, uma criatura pouco ou nada amorosa. Vai ver, agora, recolhida em sua solidão, esperava receber dos filhos aquilo que não tivera tempo ou paciência de lhes dar, na infância. Por isso retribuiria o beijo recebido. Os dois iriam enlevar-se com suas próprias demonstrações de afeto, antes tão contrariadas.

— Foi assim mesmo, mô fio. Criei vocês do jeito que fui criada, sem nunca ser beijada por pai e mãe, nem marido. Era o jeito envergonhado de quem nasceu na roça, onde uma mulher, para se tornar mãe, bastava abrir as pernas e deixar o seu homem entrar nela, com a brutalidade de um cavalo ou de um touro. Era com os bichos que aprendiam a... você sabe o quê. Não preciso dizer qualquer uma das palavras grosseiras que os homens dizem, com

Pelo fundo da agulha 195

descaramento, sem nenhuma vergonha de sujar a boca, para dar nome ao que as éguas e as vacas faziam no pasto, e nós só podíamos fazer escondido.

Agora ela aceitaria beijos, muitos beijos, como um prêmio de consolação.

— Mereço isso. Só eu e Deus sabemos o que passei nesta vida para que os meus filhos não morressem de fome, e andassem vestidos feito gente, e viessem a ter instrução. Pode me dar o seu beijo instruído, seu Totonhim, conforme você aprendeu lá nas suas civilidades, e como hoje vejo os filhos tratarem as mães, nas novelas da televisão.

Isto poderia ser o começo de uma longa conversa, ao pé do fogão, que continuaria em torno da máquina de costura, quando ela lhe lembraria que era a segunda vez que ele aparecia, assim de repente. Por que não havia avisado que viria? E quanto tempo se passou, desde a outra visita? Para mais de dez anos, não era, não? Desta vez também não trouxera a mulher e os filhos. Será que estava condenada a morrer sem conhecer os netos, a nora, e os pais dela? Com fé em Deus ele tinha vindo buscá-la. Finalmente chegara o dia de ir a São Paulo. E de avião.

— Ou vai ser nesse carro aí na minha porta? Também é bom passear de automóvel. Quanto maior a viagem, melhor. Dá mais tempo para apreciar as novidades.

Aproveitaria aquele momento para desfiar um rosário de queixas.

— Só tenho viajado para ir ver as suas irmãs, em Salvador, que são as únicas pessoas que ainda têm um pouquinho de consideração por mim. Os filhos homens não querem nem saber se estou viva ou morta. Também tenho ido lá na nossa terra, nas festas da padroeira. Mas é tudo viagenzinha, de duas horas, sem muita graça.

O mais longe que já havia ido foi a Bom Jesus da Lapa, a cidade dos romeiros, nas beiras do rio São Francisco.

— Até que enfim vou viajar de verdade. A gente vai passar pelo Rio de Janeiro? Queria tanto ver o Cristo Redentor! Ah! Ver o mundo lá de cima daquela montanha, e também do bondinho do Pão de Açúcar, deve dar uma tremedeira nas pernas, não? Com você ao meu lado, vou ter quem me segure, se eu desmaiar. Como seria bom olhar de perto tanta coisa deslumbrante, que só tenho visto na televisão!

E quando ela entrasse num shopping e num hipermercado de São Paulo, hein? Aí é que iria chegar ao paraíso, ele pensaria, apressando-se em esclarecer que o carro parado em sua porta havia sido alugado no aeroporto de Salvador, onde seria devolvido, no dia seguinte.

— Eu sempre sonho que estou voando — ela diria, a suspirar. Ele que não se fizesse de desentendido e interpretasse o que de fato acabava de ouvir: — Tinha de acontecer. Um dia você haveria de vir aqui, para tornar esse meu sonho realidade.

A esta altura, ele teria que lhe contar o que havia sucedido ao sogro e à sogra. E que a mulher o deixara, havia muito tempo, levando os filhos, que agora já eram adultos, vivendo cada um em seu canto. Falavam pouco com o pai. E assim mesmo nas datas obrigatórias. Natal etc... Às vezes nem lembravam de telefonar no dia do seu aniversário. Só

Pelo fundo da agulha

o procuravam quando estavam precisando de ajuda. E ela perceberia que ele também tinha queixas. Muito parecidas com as dela, que exclamaria:

— Tudo falta de fé!

— O quê, mãe?

— Essa vida em que você se meteu. Em nenhum momento você falou se seu casamento foi na igreja, se seus filhos foram batizados e crismados, se eles fizeram a primeira comunhão e continuam indo à missa, se confessando e comungando. E essa família de ricaços... vivia só em festa, comilança, bebemorações? Em nenhum momento parava para orar a Deus, a Nossa Senhora e a todos os santos do céu? Rezava a ladainha, ao amanhecer de cada dia? Não me admira o que aconteceu com o seu sogro. Falta de religião.

Ele seguraria um sorriso, para não levar um tapa na boca, como nos seus tempos de menino, ao lhe perguntar:

— A senhora diria a mesma coisa do seu filho Nelo? Que ele se matou por ter deixado de amar a Deus, acima de todas as coisas?

A velha senhora coçaria a cabeça, com certeza contrariada com a comparação. Mas não se daria por vencida:

— O caso de Nelo foi feitiço. Coisa preparada por gente invejosa, que é o que não falta nesta terra.

E logo trataria de puxar a conversa para o rumo que a interessava:

— Agora me diga: a que devo a honra da sua visita? Veio me buscar mesmo?

Se fosse isso, que ele falasse logo, para ela fazer um vestido novo, com o corte do tecido bonito que acabava de ganhar.

— É amanhã que a gente vai? Meu Deus, e eu com todo esse monte de roupa para costurar!

Quereria saber o motivo de tanta pressa.

— Veio buscar fogo, foi? Ou vai tirar o pai da forca? Fique uns dias por aqui, para eu ter tempo de me aprontar. Vá ver o seu pai, lá na tapera onde ele se enfurnou e não sai nem amarrado.

— Estou vindo de lá.

— E como está ele?

— Do mesmo jeito de dez anos atrás. Conversando com as flores, os pássaros e as almas do outro mundo. E dando muita risada. Só ficou zangado quando eu lhe disse que trabalhei num banco, durante 30 anos. Foi como se eu tivesse confessado um pacto com o diabo.

— Não é para menos — ela responderia. — Você sabe em que deu ele um dia ter tomado dinheiro emprestado a um banco. Não pôde pagar e... a bem dizer, tomaram tudo que era dele, e nosso!

— É, o que mais vi por lá foi pasto abandonado. Aquela lavourinha que dava para sustentar toda uma família, e ainda sobrava, acabou. Os filhos foram embora, os pais morreram, e quem ficou e comprou as terras não é doido de pegar dinheiro em banco para plantar. Quanta fartura tinha naquele lugar, da própria terra, quando a gente morava lá, não era, mamãe? Agora, na feira e no supermercado, é quase tudo importado de São Paulo ou da Argentina, sei lá. Até feijão e milho que era o que mais dava ali.

Ela voltaria a suspirar. Desta vez, porém, o seu suspiro seria de desolação. Em seguida, sentenciaria:

Pelo fundo da agulha

199

— O meu consolo é que é mais fácil um camelo passar pelo fundo de uma agulha, do que um rico entrar no reino do céu, a começar pelos donos dos bancos, os que merecem uma caldeira especial no inferno.

— A senhora não acha que foram os próprios ricos que espalharam essa história, para os pobres ficarem conformados? Assim, ó: "Deixem-nos em paz, no bem-bom desta vida, porque na outra vocês é que vão se dar bem. Portanto, sejam resignados diante de todos os sacrifícios. Deus os recompensará. No Dia do Juízo."

— Não, mô fio. Não fale assim, feito um herege. A predição está nas Sagradas Escrituras, que nos trouxeram as palavras de Deus. Não acredita no que estou lhe dizendo?

Onde tem uma mãe como as de antigamente, tem religião em primeiro plano. Mas... predição? Decepcionante. Onde ela andaria aprendendo palavras assim? Na Santa Madre Igreja? Saudades das suas crenças, velha. Da sua prosa de sabor antigo, como o seu doce de mamão verde. Saudades de cafuné de mãe. Do cheiro das flores de uma avó, na boca da noite, nas horas das ave-marias. Rosas vermelhas, as do bem-querer. E brancas: hei de te amar até morrer. Dos ternos falares de um velho povo. De andar descalço na areia quente ou pisando em relvas orvalhadas. De ficar parado num monte vendo o sol se pôr e o tempo passar. De ficar bestando, sem precisar saber as horas.

Ora, direis, saudades? Da aurora da sua vida que os anos não trazem mais?

— Conte outra, menino, conte. Quem sente saudade escreve sempre, ou ao menos telefona no Natal e no Dia das Mães, no dos Pais, nos aniversários. E aparece, para rever os parentes. Você fez isso alguma vez, desde aquela última em que esteve aqui, e assim mesmo só por causa dos 80 anos do seu pai? E bota tempo nisso. Alguma vez na vida você se lembrou de que tem mãe, seu cachorro!

Ele haveria de tomar boa nota disso: *Só por causa dos 80 anos do seu pai...* Essa, agora! Não era que sua mãe continuava a ter ciúmes, mesmo já estando bem velhinha?

— O quê?! Ciumenta, eu? Era só o que faltava! Desde quando um filho diz uma coisa tão horrorosa para uma mãe? Me respeite!

Iria adorar pegá-la de surpresa num sentimento que, no âmbito familiar, era considerado feio, pecaminoso. E mais ainda ser chamado de menino. E cachorro. *Seu cachorro!* Com toda a carga maternal a um só tempo recriminadora e afetuosa.

Não. Não teria coragem de se desculpar alegando não saber se ela dispunha, ou não, de qualquer um dos meios práticos e rápidos — vá lá, modernos —, de comunicação: telefone, fax, e-mail. Sabia que a saída por uma tangente dessas o deixaria numa situação embaraçosa, pois, do fundo de toda a sua experiência de vida, ela haveria de contra-argumentar que todos os filhos que se prezavam, como os *bons filhos* de outras mães mais sortudas, por mais longe que estivessem morando, jamais esqueciam de ir ao correio de vez em quando para enviar uma carta para elas.

E, como sempre, atentando para um pormenor da maior importância. Aquele! Tão bem bem-vindo! Um adjutoriozinho dentro do envelope. Filhos dignos desse

Pelo fundo da agulha 201

nome foram mesmo os de outros tempos, merecedores de respostas salpicadas com as lágrimas da gratidão:

"Deus que te ajude. Deus que te dê muito, viu? Por aqui estamos bem. E todos mandam lembranças."

Ela teve um filho desse jeito. O mais velho, claro. E iria jogar isso na sua cara, num golpe fulminante, capaz de matá-lo. De vergonha.

— Bastava mais um como ele. Apenas mais um.

— Ora, mamãe, com tanto filho, nora, genro, neto e bisneto, e quem sabe a esta altura até tetraneto, tenho certeza de que nunca lhe fiz a menor falta. Quanto a ausência de notícias minhas, bom, deixe isso para lá. Cá estou, não estou? Bem presente.

— Antes tarde do que nunca, Deus esteja.

Mais uma de suas sentenças consoladoras.

Esperaria que ela lhe dissesse:

— Toda a minha vida tem sido só isso: consolar os meus filhos, que só me procuram quando estão aflitos. E a mim, quem consola?

Eis aí.

Seria a sua mãe um adorável lugar-comum?

— Explique-se direito, seu cachorro! Fale como gente. Fale do jeito da gente. O que vem a ser esse tal de lugar-comum? A cova onde todo mundo será enterrado? Vamos, diga com a sua própria boca: para você é isso o que a sua mãe é? Por falar em cova, foi bom você se lembrar de vir me ver. Ando muito precisada de ajuda. Ai, menino! É tanta despesa, tanto remédio para comprar. Tudo tão caro. Pela hora da morte. Velhice é um tormento. Médico toda hora. Exames. Falta de outro assunto. Que chatice. Por isso os jovens fogem de nós. E tem mais uma coisa. Por que não trouxe a sua mulher e os seus filhos? Estou falando é de antes da sua separação. Parece que você nunca quis que eles me conhecessem. Tem vergonha de mim, é, só porque não sou lá das suas civilidades?

— Nada disso, mãe. É uma longa história. Depois eu conto.

— Então venha almoçar. E não me faça a desfeita de dizer que está sem fome. Ou que o seu pai cozinha melhor do que eu.

— Olha o ciúme de novo, velha.

— Seu moleque descarado! Cuidado com a língua. Quer levar uns tapas nessa sua boca insolente, é? Mas venha cá. Está faltando um botão aí na sua camisa. Vamos consertar logo isso.

Se, ato contínuo, aquela reclamante senhora lhe sorrisse, ao enfiar a linha no fundo da agulha sem a ajuda de óculos, ele iria achar que tinha ganhado a viagem.

Por mais que puxasse pela memória, não conseguia se lembrar de tê-la visto sorrir, uma única vez.

— Por que, mamãe, a senhora nunca sorria?

Esperava não morrer sem vê-la dando umas boas risadas.

19

(Pausa para meditação)

Na fronteira crepuscular entre o sono e a vigília, o homem na cama ouve as horas, badaladas num velho relógio de pêndulo. Conta as batidas. Pareciam soar do seu próprio coração. É humanamente impossível fugir do tempo que está dentro dele, com todo um insatisfatório acúmulo de vivências — desejos e esperanças, amor e ódio, ciúme e inveja, ambição e disputas, generosidade e mesquinharia, delicadeza e estupidez, grandeza e miséria, felicidade e tristeza, perdas e ganhos, prazer e dor, solidão e mágoa. E tudo isso guardado no fundo da alma como grãos num paiol, a carunchar-se na sucessão dos dias. Ele medita sobre o som e a fúria do tiquetaque dos minutos, a rememorar uma página amarelecida pelo tempo: "As batalhas nunca se ganham. Nem sequer são travadas. O campo de batalha só revela ao homem a sua loucura e desespero, e a vitória não é mais do que uma ilusão de filósofos e loucos."

O relógio bateu 12 vezes. Ouviu-lhe as batidas como um chamamento, vindo de uma casa a mais de dois mil quilômetros de distância. E de lá vinha agora outros sons. Os das panelas. Ele vê sua mãe à cozinha, cuidando do almoço. Teria coragem de perguntar a ela se achava que havia vencido a batalha? Ou só lhe restara a consciência da inutilidade do esforço?

— Vá tomar banho, Totonhim. Você está muito sujo da viagem.

Antes de se dirigir ao banheiro, ele entraria num quarto escuro. Abriria a janela. E veria uma triste rua de casas coladas umas às outras, em perfeita desarmonia. O destino inescapável de toda cidade brasileira, pequena, média ou grande: espalhar-se irregularmente pelas margens, como se disputassem um concurso de feiúra.

Algazarra de crianças em trânsito. Volta das aulas. Reverse-ia nelas. E as invejaria. Ainda poderiam sonhar com um futuro radiante. *Avante, camaradas, ao tremular do nosso pendão! Avante, com galhardia, que em todos nós a pátria confia.*

Avançaria para o chuveiro. Debaixo d'água, refrescaria a memória, para lembrar a letra de uma música que sua mãe cantava, quando ele era menino. *Oh linda imagem de mulher que me seduz/ Ai se eu pudesse te poria num altar/ És a rainha dos meus sonhos/ És a luz...* E a cantaria, a plenos pulmões, para limpá-los da fumaça de São Paulo, da poeira da estrada, do pólen do tempo. Voltaria ao quarto de alma lavada.

— Totonhim, venha almoçar!

Pelo fundo da agulha 205

Iria, de bom grado.

E haveria quiabo e maxixe sobre a mesa. E toda uma exagerada fartura de pratos à sua escolha. E o cheirinho apetitoso de coentro, alecrim, pimenta e molho de caldo de feijão com palha de cebola. Hummmmm! Esta cena seria merecedora de aplausos:

— Viva dona Maria minha mãe!

Agora era ele quem lhe diria:

— Não precisava tanta coisa, não precisava.

Sairia da mesa direto para uma cama. E dormiria feliz. Sonharia que estava de volta à casa em que havia nascido, bem diferente da que sua mãe morava agora, de exíguos espaços. Era maior, mais bonita e tinha uma árvore no terreiro, bananeiras no quintal, flores nas janelas. Os seus pais e irmãos estavam no avarandado, a esperá-lo, ansiosos.

— Até que enfim, Totonhim, você se lembrou de nós!

Um cachorro pulava de alegria, reconhecendo-o. Ele se enternecia também com a recepção canina. De repente tudo desaparecia. A casa, o cão, as pessoas. Debaixo dos seus pés só havia grama e nada mais. Nenhum vestígio de esteio, caibro, ripa, cumeeira, parede, porta, janela, sala, quarto, corredor, cozinha, despensa, paiol, casa de farinha, passos, vozes, resmungos, ralhações, risadas e sonhos. Pisou na grama para lá e para cá. Achou um caco de telha. Pegou-o. E o alisou demoradamente. Eis o que sobrara da olaria do seu pai. Toda a história de uma casa e um tempo resumia-se a uma vírgula num livro em branco. Uma relíquia. Que, no entanto, não teria o mágico poder de devolver-lhe o passado.

— Acorde, Totonhim. Vamos passear. Aí eu conto tudo que aconteceu desde aquele dia do caco de telha. Já lá se passaram mais de dez anos.

— E as suas costuras?

Que costuras? Então ele não sabia? Desde que surgiu a moda das roupas prontas para vestir, vendidas a crédito, as costureiras que trabalhavam por conta própria perderam a clientela. Não dava para acreditar que um filho dela, que morava na maior cidade do país, não tivesse visto as mudanças do mundo. Só podia ter passado a vida na cama, ou com a cabeça na lua.

— Se você queria me ver costurando, por que não me levou para uma fábrica de roupas, enquanto eu tinha idade para isso? O que fez foi me trancafiar aqui numa casa de loucos.

Sai dessa, Totonhim, se diria Totonhim.

Que outra coisa poderia ter feito, ao vê-la se bater contra uma parede, a rasgar-se, unhar-se, ensangüentar-se, por não haver suportado o trágico reencontro com o seu filho pródigo? Não ele. O outro. O que voltara para se matar. Ela não suportou a dor pelo final tão infeliz de um destino que lhe parecia glorioso. Nelo, o mais velho, mais atirado, mais vitorioso, mais bonito, mais tudo. Bastava-lhe mais um assim. Ainda se lembrava da pergunta que ela fazia, enquanto a levava para o hospício:

— Vamos passear? Estamos passeando, não estamos?

Aquilo foi de doer. Fundo.

— Sim, mamãe. Vamos a esse passeio.

20

O passeio

A lua estaria em quarto crescente, numa noite de céu estrelado, o que favoreceria a caminhada na subida íngreme de um monte. Ela pararia na metade do caminho, para recobrar o fôlego, a queixar-se do cansaço e de dores nos pés e nas pernas.

— Olha só a altura deste morro, mamãe! Não quer voltar, não?

— De jeito nenhum! Esta é uma parada estratégica. Para você contemplar o que há de visível e depois comparar com o outro lado.

E o que existiria do outro lado? Sua mãe não o diria claramente, mas de forma enigmática:

— Uma região do mundo invisível. É só o que tenho a declarar. Para não estragar a surpresa.

Ele aproveitaria o momento para finalmente perguntar-lhe o que vira, em toda a sua vida de costureira, pelo fundo de uma agulha.

— Ora o que vi! Um vale de lágrimas. Mas nem tudo foi só tristeza. Também teve muita coisa boa.

Foi? Teve? Assim no passado? Já seria ela um zumbi a perturbar o sono dos vivos? Uma assombração?

Mal-assombrada ficaria a sua própria alma.

— Eu também já morri, mamãe?

— Ainda não. Ei, por que você está tremendo? Está com medo de quê? Os mortos não fazem mal a ninguém. Vamos andando.

Continuariam a escalada do morro. Já que não deveria ter medo, ousaria umas perguntas que jamais tivera coragem de lhe fazer. Sobre amor, sexo, antigos tabus na relação dos dois. Quando abandonara o seu pai, ela ainda não estava velha. Mesmo assim, nunca mais tivera outro homem. Como pôde, a partir de então, privar-se de uma vida amorosa?

Responderia dizendo-lhe que fizesse o favor de respeitá-la, se não quisesse receber um tapa na boca.

Mas não.

Desta vez até o surpreenderia, ao tratar do assunto sem meias palavras.

Com a separação, se livrara de um peso no corpo, não tendo mais de abrir as pernas para o marido montar nela, como se fosse uma égua. O negócio dele era meter um filho atrás do outro, na marra, cheio de brutalidade. Chegava dessa história de "papai pra cá, papai pra lá, ai, o senhor é o melhor pai do

Pelo fundo da agulha

mundo". O bom selvagem! E ela a cascavel venenosa! A que ralhava, aporrinhava, mordia, beliscava, puxava orelha, batia, até enlouquecer. E no entanto, fora ela, somente ela, a peçonhenta, quem cuidara de todos. Onde estava ele, o tão venerado pai? No mato, dando bom dia a cavalo e dizendo para as galinhas que escola não enchia barriga de ninguém e que cidade era uma invenção do diabo. E quem se matava na cidade, por causa da escola dos filhos?

Ela. Ela. Ela.

A megera. A louca de pedra.

Nunca uma heroína.

Herói era o pai.

— É fácil se odiar quem está perto e se amar quem está longe. Pois vou lhe dizer: seu pai era um bruto, isso sim. Coitado.

O que se esconderia por trás desta revelação nada lisonjeira? Ressentimentos? Ciúmes? Mágoas? E por que "ele era" e "coitado"?

— Admito que tinha um bom coração. Chegou a me pedir perdão por tudo, antes do suspiro derradeiro.

— O quê?! Como?! Quando?!

— Foi. Digo: foi-se. Na minha frente. E teve um enterro bonito. No cemitério, todo mundo cantou junto a música que ele mais gostava: "*Acorda Maria bonita, levanta vai fazer o café...*" Telefonei para avisar a você, mas me disseram que estava viajando. Depois eu também parti e ficou tudo por isso mesmo.

Estaria querendo confundi-lo, desorientá-lo? Como que o seu pai morrera, e ela mesma, se estivera com os dois, naquele exato dia, embora em locais diferentes? E por que, ao parar no meio da subida do morro, se queixara de que suas pernas estavam doendo? Alma sente dores?

— Faz para mais de dez anos que você esteve aqui. Por isso não sabe nada do que se passou de lá para cá.

Chegariam a um cruzeiro fincado no topo do monte.

Fora o pai dele que o havia feito, ela lhe diria. E o povo todo do lugar subira o morro em procissão, para erguê-lo nas alturas, mais perto de Nosso Senhor Jesus Cristo, a quem todos rogaram piedade pela alma de Pedrinho, o seu querido sobrinho, pois o padre não a tivera, ao impedir que lhe fizessem as exéquias na igreja, e também quando se recusara a benzer a cruz, já que era um memorial a um suicida. Portanto, não merecia bênçãos. A procissão em desagravo ao morto tivera a condenação veemente do pároco, num sermão impiedoso.

Pedrinho se enforcara numa árvore ao lado da cancela, por onde se entrava na propriedade que lhe pertencera, e de que aquele monte fazia parte. Antes, dali de cima avistava-se uma bela paisagem.

Carros de bois a gemer nas estradas. Pastagens. Casas caiadas, com portas e janelas pintadas de azul, árvores à frente e flores nos quintais. Gado pastando. Homens no eito, a cantar. Café torrando lá, o cheirinho passando cá. Montanhas. Agora, o cenário era desolador.

E isto seria dizer pouco.

— Eles estão ali embaixo. Mas não vieram para bater uma bola, caçar passarinho, tomar banho no riacho ou

Pelo fundo da agulha 211

brincar de cabra-cega — sua mãe lhe esclareceria, com a clarividência das videntes.

— De quem a senhora está falando?

— Do seu irmão Nelo, do seu primo Pedrinho, do seu amigo Gil e de todos os outros que tiveram o mesmo fim deles. Ande mais um pouco, olhe lá para baixo e veja com os seus próprios olhos o que estou lhe dizendo.

Ele obedeceria. E logo se veria diante de uma região onde tudo era assombração, medo, pavor. Não mais as estrelas e a lua crescente. Deus não viu este lado das trevas quando disse: "Faça-se a luz."

Então era aquele o mundo invisível, de que sua mãe lhe havia falado, fazendo mistério do que significava isto?

— A graça de todo passeio está nas surpresas que a gente vai descobrindo pelo caminho — ela ter-lhe-ia dito, como se tivesse começado a contar uma história para embalar o sono de uma criança. E depois contaria outra e mais outra. De duendes, árvores encantadas, piratas, bichos que falavam, meninos a voar num pavão misterioso, até além do arco-íris, com escalas em Marte e Vênus, na Lua, no país das maravilhas, Pasárgada e Shangrilá, delírios assim.

Agora voava nas asas de gralhas noturnas, ao som de uivos lancinantes e pios ensurdecedores. Voltaria correndo para se agarrar ao tronco da cruz, com o coração aos pulos. Não era que sua mãe, ao submetê-lo a uma noite de terror, poderia estar se vingando de uma outra, quando a internara numa casa de loucos? O panorama visto lá de cima não poderia ser mais apavorante: vales profundos, com sombras tenebrosas sobre um solo erodido e retalhado em tétricas cavernas.

O que antes teria sido pasto, vegetação, flora, fauna, uma natureza viva, enfim, transformara-se em um desértico campo de concentração, no qual a escória do mundo dos mortos fora confinada, em eterno suplício e horror, até o esgotamento total de suas súplicas, choro, confissões de arrependimento, gritos, rogos de clemência a um Deus que a condenara ao martírio num continente subterrâneo, sem ventos, claridade, beleza, esperança, paz, consolo. Esqueletos moviam-se em desesperadas tentativas para alcançar as bocas das cavernas. Mais que depressa capatazes infernais os seguravam. *Senhor Deus, misericórdia.*

Não. O seu primo Pedrinho, o irmão Nelo, e o amigo Gil, não estariam ali à procura de um barranco para matar a saudade de suas amadas de quatro pernas, as mimosas jegas, mas a receber os coices de um jumento satânico, a serviço de um Deus que não amava os suicidas. Pensaria também no general, julgando-o em igual colônia correcional de São Paulo, sem jamais conseguir descansar em paz.

Como o bondoso Deus poderia ser tão cruel? Do alto daquele monte, ele, Totonhim, bradaria aos céus:

— Deus, oh Deus, onde estás que não respondes?

E o chamaria de Supremo Torturador, que, desde a criação do mundo, decretara uma eternidade invisível, inquestionável, para que suas torturas jamais fossem denunciadas. Implorava-se perdão a Ele, e o que fazia o misericordioso Deus? Condenava os suicidas como réprobos, sem direito à apelação. Misericórdia, misericórdia.

— Por que a senhora me trouxe aqui, mamãe? É um estágio, antes de me levar para um hospício?

Pelo fundo da agulha **213**

— Mas o que é isso, Totonhim? Só se eu estivesse louca.

E este seria, digamos, o momento epifânico. Agora, sim, ela lhe faria uma grande revelação. Mas precisaria se alongar nas palavras, antes de chegar lá. Sem pressa. Ou por outra: com a mesma delicadeza com que passara a vida a enfiar a linha no fundo de uma agulha.

Começaria carinhosamente chamando-o de "Mô fio". Pois sabia. Isto o desarmaria completamente.

— Quando eu acabar de contar tudo, você não vai mais ter dúvidas do bem que lhe quero.

Esta ressalva a encorajaria a recordar certas apostas feitas quando ele regressara àquelas bandas, lá se iam mais de dez anos. Nas vendas e bodegas, às mesas de jantar, nos portões, na sacristia da igreja, nos pés de fogão, nas calçadas e esquinas, contavam-se as horas para um novo enforcamento. Jogavam dados: deu quina, vai ser daqui a cinco horas. E por aí ia. Não havia cristão ali que duvidasse de que ele, Totonhim, tivesse voltado para se matar, a exemplo do irmão mais velho. Era só uma questão de tempo.

Ao fazê-lo reencontrar-se com uma namorada de infância, chamada Inesita, o seu pai acabara evitando que tal desgraça acontecesse. Por outro lado, aquela volta fora breve, sem grandes conflitos, como no caso do irmão, que havia regressado para ficar. Em quatro semanas, acabara descobrindo que o lugar em que nascera já não lhe pertencia. Sequer lhe oferecia um galho em que se segurar. E todo mundo querendo que ele, o Nelo, abrisse a mala e mostrasse a cor do dinheiro de São Paulo. E o pobre coitado se perguntando onde fora amarrar o seu burro. Que idéia infeliz tinha sido aquela, de voltar sem um puto no bolso? Deu no que deu. Suicídio.

Se o irmão dele não fizera a mesma coisa foi porque estava só de passagem, disseram. Ainda assim as apostas continuaram. Bastava ele ficar desempregado em São Paulo, para aparecer aqui. E aí, de novo, todos passariam a contar as horas de ver um doido na calçada da igreja, anunciando a ida de mais um condenado para o inferno. É como dizem: quem volta é porque fracassou.

Ela sabia perfeitamente que ele, o seu filho Totonhim, não estava voltando agora como um fracassado. Tinha uma boa aposentadoria. Mas, por haver se aposentado, achava que São Paulo não era mais o seu lugar. Sentia-se só. Por isso decidira voltar ao ponto de partida. E se perguntava se devia ter saído dele. Agora, vivia na ilusão de que ali ainda encontraria pelas ruas, por serem poucas, feições humanas reconhecíveis, pessoas com tempo para conversar, para lhe dar um bom-dia sem querer lhe vender nada.

Quimeras.

Logo se veria cercado de gente a lhe pedir para pagar uma cachaça e daí para mais. E refém das miudezas. Conversas de comadres, fuxicos nos portões, politicagens. Então ele veria o que era solidão.

Passaria a viver os seus dias e noites a coçar o saco e a tirar bicho-do-pé, a embriagar-se pelas bodegas, e a uivar para a lua, como os cães. Até não agüentar mais e enfiar o pescoço numa corda, com a mesma determina-

Pelo fundo da agulha 215

ção com que ela passava uma linha pelo fundo de uma agulha.

— Entendeu agora, Totonhim, por que eu lhe trouxe aqui? Para você ver como é o vale dos suicidas. Não é um horror? Não dá para comparar isso com a vida dos aposentados. Sei o que estou dizendo. Já me aposentei há muito tempo.

21

O homem na cama vê uma sombra mover-se através da cortina, em direção à janela. E ouve uma voz por trás da sombra:

— Não se mate pelo que acha que deixou de fazer por sua mãe, seu pai, seus irmãos, mulher, filhos, o país, tudo. E, principalmente, por você mesmo. Ou pelo que deixaram de lhe fazer. Nem por isso o mundo acabou. Abrace-se sem rancor. Depois, durma. E quando despertar, cante. Por ainda estar vivo.

A sombra devia ser do seu amigo Bira, ele imagina. Ou de qualquer outra de suas almas queridas. Sua mãe, seu pai, o primo Pedrinho, Gil, o general, dona Iracy. Quem sabe podia ser da Inesita?

Amanhã voltaria ao mundo dos vivos. Sim, amanhã teria que se encontrar com os filhos, para almoçar ou jantar. E, depois, marcaria um outro encontro, com a mãe deles junto, quando voltasse de Nova York. Se Don'Ana aparecesse, lhe diria: *ai lóvi iú*. Esperava que ela desse uma boa risada. E assim, com o coração mais leve, se sentirá um camelo capaz de passar pelo fundo de uma agulha.

Adormece.
E, finalmente, entra na região sem tempo dos sonhos.

Por fim, mas não por último

Pelas suas sugestões e informações — decisivas para a realização deste livro —, o autor agradece a:

José Luiz Costa Pereira, jornalista, no Rio de Janeiro.

Aleilton Fonseca, escritor, doutor em Letras e professor da Universidade Estadual de Feira de Santana, na Bahia.

José Marcelo Torres Batista, do Banco do Brasil, em Brasília, DF.

Milena Martins, gerente de Recursos Humanos da Shell, no Rio de Janeiro.

Ruy Tapioca e Antonio Carlos Tettamanzi, escritores cariocas aposentados, respectivamente, da Eletrobrás e Embratel.

Tanto quanto a Ronaldo Antônio Torres Cruz, o mano Tom, e ao conterrâneo Pedro Bispo dos Anjos, que viveu em São Miguel Paulista e conhece bem o roteiro dos imigrantes.

Não menos a:

Dona Durvalice, minha mãe.

E: Ignácio de Loyola Brandão, Melchíades Cunha Júnior, Vânia Chaves, Myriam Fraga, Gerana Damulakis e Halina Grynberg.

A.T.

Este livro foi composto na tipologia Goudy Old
Style BT, em corpo 12/16, e impresso em papel
off-white 80g/m² no Sistema Cameron da
Divisão Gráfica da Distribuidora Record.

Seja um Leitor Preferencial Record
e receba informações sobre nossos lançamentos.
Escreva para
RP Record
Caixa Postal 23.052
Rio de Janeiro, RJ – CEP 20922-970
dando seu nome e endereço
e tenha acesso a nossas ofertas especiais.

Válido somente no Brasil.

Ou visite a nossa *home page*:
http://www.record.com.br